一心同冊

일상이 일심동책

一心同冊

일상이 일심동책

일상이 ______ 06

디테일로 보는 책덕후의 세계

김수정 에세이

책읽는고양이

일상이 4

프롤로그 _ 찐덕후는 일심동책

"나를 망치러 온 나의 구원자"가 나에게는 책이었다.

책을 좋아하셨던 아버지, 전집 영업사원들의 VIP 고객이셨던 어머니. 좋은 신간이 나올 때마다 공수해준 교보문고 직원이었던 이모. 이 책들을 수렵해온 아이는 당연히 '책덕후'가 되었다. 이런 걸 보면 나는 행운아가 맞다. 아니, 아닐 수도 있겠다. 책에 매여 다른 도전을 겁내는 걸 보면. 세상 사이에 책으로 벽을 쌓고 쏙 들어가 있으면 안심이 됐으니까. (으레 덕후가 그렇죠.) 아주 어릴 때부터 내가 세상과 사람에게 벽을 쌓았던 건 책 때문이었고, 역으로 세상과 연결될 수 있었던 것도 책 덕분이었다.

요한 게오르크 마이어 폰 브레멘, 「작은 학자」, 캔버스에 유채, 43×30.5cm, 1865, 개인 소장.

요한 게오르크 마이어 폰 브레멘(Johann Georg Meyer Von Bremen, 1813~1886)의 책 읽는 그림을 참 좋아한다. 「작은 학자(Little Scholar)」는 책에 대해 갖는 나의 감정을 고스란히 옮겨 놓은 그림이라고 해도 과언이 아닌 게, 저 꿈결 같은 소녀의 눈을 보고 있으면 뭔가 벅차오른다. 읽기 힘든 책이어도 뭔 소리인지 전혀 몰라도 얼굴만 가까이 대도, 가슴에 품기만 해도 벅찬 감정, 책벌레들만 아는 그런 근원적 사랑이 느껴진다. 마이어의 다른 그림 「한낮의 환희(An afternoon' s amusements)」 역시 마찬가지다. 존재만으로 소중한 종이 뭉치에서 뗄 수 없는 시선. 뭘 하더라도 책이 눈에 띄는 곳에 있어야 안심이 되고 의지가 되는 그런 사랑이 책과 어떤 인간 사이에는 있다. '우리' 는 그걸 가슴으로 안다.

나는 뭐 그리 대단한 독서가는 아니다. 책에 관한 책은 수없이 나와 있고, 거기 등장하는 북러버들의 에피소드는 거의 신화에 가까워 읽는 이의 입을 떡 벌어지게 만든다. 책을 아끼느라 좋은 아파트 한 채를 모두 서재로 쓰고 정작 생활은 근처 빌라에 월세를 얻어 사시는 분, 하루에 딱 4시간만 자고 일할 만큼 바쁜 대기업의 팀장 업무를 하면서 1일 1책을 하시는 분, 일 년에 100권 이상 읽고 책의 리뷰를 성실히 쓰시는 분…. 모두 나에게는 다다르지 못할 높은 산 같은 찐덕후 선배님이시다. 감히 손 내밀 수도 없을 초특급 독서 고수들이 책세계에는 즐비하다. 그럼에도 불구하고 나라는 인물 하나가 '북럽북'을 하나 더 세상에 내놓게 되었다. 미술 전공자니까 책 이야기를 하면서 그림 한두 장을 얹을 수도 있다는 구차한 변명을 하면서.

《일상이 일심동책》은 덕후로서 최고의 영광이다. 찐사랑에 대한 책을 운명처럼 세상에 내놓다니. 책이라면 무조건 반사로 반응했던 이야기뿐 아니라, 책이 있어 오장육부가 전율했던 그림도 함께 모았다. 작으나마 최선을 다했다. 많이 사랑받았으면 좋겠다. 책에 대한 책을 고르고 읽는 우리는 같은 마음의 '책덕후'니까. '일심동책'을 읽어주시는 같은 DNA의 책벌레 종족에게 반가운 감사의 인사를 드린다.

지금처럼 계속 책으로 성을 쌓고 책을 타넘어 오가며 살고 싶다.

"오래오래 행복해요 우리."

요한 게오르크 마이어 폰 브레멘, 「한낮의 환희」, 캔버스에 유채, 43.8 x 34.9㎝, 1863, 개인 소장.

차례

프롤로그 — 5

1. 금강산도 책후경

한 획씩 닮아가다 — 15
시를 외우는 이유 — 29
책의 여백을 대하는 자세 — 37
책상은 원래 다 이렇잖아요 — 52
웰컴 투 이북(e-book) 월드 — 63
납작하게 네모진, 반듯하고 단호한 물성 — 77

2. 책 같은 내 인생

헌 책을 뒤지는 여인 — 89
순정 만화가 터 준 물꼬 — 100
그 방에서 시작되었다 — 113
책과 바람나다 — 124
누구나 의미를 두는 장소가 있다 — 133
아몬드 나무 하우스가 있는 곳 — 145
그 시절 내가 좋아했던 서점 — 154

3. 책사람

책읽는 남자 — 171
책벌레 레이디 — 179
책 읽는 여자 — 191
책이 맺어준 인연 — 200

1

금강산도 책후경

한 획씩 닮아가다

나의 '갓핸드'와 내가 사랑하는 문장이 만나면 놀라운 일이 일어난다. 특별히 내가 즐기는 것은 '포스트잇 필사.' 작은 포스트잇에 한두 문장을 옮겨 적는 짧은 시간, 글은 내게 말을 걸고 손은 글을 내 것으로 만든다. 나는 이 포스트잇을 쉽게 버리지 않는다. 수첩 안쪽이나 모니터 모서리에 빼곡히 붙인다. 거울 모서리에도 야무지게 붙인다. 생활 공간에서 가능한 한 자주 보기 위해서다. 오래전 SBS TV 다큐멘터리에서 박웅현 ECD(수석 크리에이티브 디렉터)의 사무실을 본 순간 깜짝 놀랐다. 내 책상처럼 온 동네 필사 쪽지로 가득했기 때문이다. 한쪽 벽면은 그가 필사한 종이가 빈틈없이 붙어 있었다. 여유가 있을 때는 좋아하는 글을 12포인트에 볼드 옵션, 회색 궁서체로 출력하고 글자 위를 따라 쓰며 작가의 흔적을 좇는다. 필사(筆寫), 쓰고 나면 능력이 되는 놀라운 행위가 늘 가까이 있다.

처음 필사를 시작한 건 십 년보다도 더 전의 이야기다. 지금 생각하면 황당하지만 《소크라테스의 변명》을 몇 번 읽어도 이해할 수가 없어서 한 글자 한 글자 노트에 옮겨 적기 시작했다. 조금 부끄러우니 엉망진창 번역 때문일 거라 변명해본다. A 인터넷 서점에 '소크라테스의 변명' 으로 검색하면 61개, '소크라테스의 변론' 으로 검색하면 26개의 책이 주르륵 나오므로 변명의 진위 확인은 어려울 테니. 요즘에야 그리스어를 한국어로 직접 번역한 좋은 철학책들이 많이 나오지만 그때만 해도 한국에 그리스어 전공자가 없어서 일본어 전공자가 일서를 한국어로 번역한 이중 번역(二重飜譯) 책들이 대다수였다. 사실, 지금도 절반 이상이 그럴 거라는 데 스타벅스 케이크 한 조각을 건다.

필사가 어려운 게 어디 텍스트가 난해해서만이었을까, 뭔가 해보겠다고 시작한 필사였지만 나는 다시금 깨달아야 했다. 발목이 불량인 줄은 알았지만 손목까지 불량품일 줄이야. 연필을 바르게 못 쥐어 오래 쓰면 손목에 힘이 팍 들어간다. 온 동네 한

의원을 돌아다니며 침을 맞고, 늘상 파스를 붙이고 그 위에 손목 보호대를 하고 다닐 만큼 필사는 넘기 피곤한 산이었다.

문방구에 갈 때마다 어떤 필기구가 필사하기 좋은지 찾고 또 찾았다. 신제품이 나오면 바로 사서 써보고 다른 신제품을 또 써보고. 어느 날은 사각사각 연필 소리가 좋았다가, 어느 날은 2B 샤프가 부드럽다가, 어느 날은 0.38밀리 중성펜이 깔끔하다가, 또 어느 날은 굵은 수성펜이 마음에 들었다. 어떤 날은 잉크똥이 줄줄 흐르는 모나미 153 볼펜이 적격이었다가 다시 '옛 사랑' 제트스트림 볼펜. 오래전 논술 시험을 볼 때 쟁여둔 제트스트림 0.5밀리 볼펜을 꺼내 쓰곤 했다. 그러다 드디어 드디어, 마지막으로 정착한 필사적(筆寫的) 필기구는 만년필. 3~4천 원 하는 중국제 만년필부터 60만 원을 호가하는 몽블랑 만년필까지 나에게는 모두 소중한 필사 도구다.

소중한 글을 담는 노트는 또 어떠한가, 처음에는 싸구려 B5 사이즈 줄공책에 문장을 줄줄이 옮겨 그리다가, 다음에는 문장마다 '엔터'를 치듯이 줄을 바꾸어 적었다. 그다음에는 짧은 문장은 그대로 두고 긴 문장은 의미 단위마다 쓰고 읽었다. 그제야 내가 옮기는 문장을 '읽으며' 써내려갈 수 있었으니. 이 비루한 멀티태스킹을 하려고 노트를 세 번이나 바꾸어야 했다. 다음 노트를 쓰면서는 의미 문단마다 한 줄을 비웠다. 그쯤 되니까 여백이 생겨서 문장들이 눈에 확확 들어왔다. 명색이 디자이너 명함 갖고 밥 벌어먹었던 사람이 GUI(Graphic User Interface, 사용자 시각 환경)를 잊고 있었다니 어이가 없다. 그렇게 노트 몇 권의 시지각 실험을 하다 보니 깨닫는 게 많았다. 나에게는 여백이 가장 중요했지만 칸 크기와 칸과 칸 사이도 중요했다. 그렇게 의미 단위로 분절해 필사를 하다 보니 어느덧 훤한 여백 가운데 내 생각도 적어 넣게 되었고, 나만 알아볼 수 있는 그림도, 내 감정을 담은 표정도 그려 넣게 되었다. 점점 볼펜 색깔도 늘어났다. 단정한 파랑으로는 다른 책에서 이어지는 내용이나 처음 보는 단어나 지리명 같은 정보를, 편애하는 초록으로는 내가 깨달은 생각의 파편들을, 가장 자극적인 빨강으로는 중요한 내용을, 눈에 덜 띄는 샤프심으로는 비교적 덜 중요한 내용을 적었다.

내가 꽤나 잘해왔다는 걸 김시현의 《필사, 쓰는 대로 인생이 된다》(한빛비즈, 2016)를 읽고 확신할 수 있었다. 김시현은 종이에 인쇄된 줄조차도 생각의 범위를 방해한다며 사방 점 노트를 사용하라고 권한다. 그래야 글씨 크기도 다르게 쓸 수 있고 그림도 그릴 수 있다고. 여백이 아무리 커도 괜찮으니 충분히 남겨두고 나중에 여러 번 들춰보고 또 들춰보라고 한다. 여러 번 보고 또 볼 때 또 다른 생각이 튀어오를 수 있다고. 인간의 가능성은 그렇게 대단한 용량을 지니고 있다고.

조금 더 사치를 부릴 수 있다면 좋은 독서대가 꼭 필요하다. 조립식말고 고정식으로 된 무겁고 견고한 걸로. 여유가 조금 있다면 꼭 '이층 독서대'를 선택하기를. 책 두 권을 끼워 놓고 같이 봐야 하는 순간이 분명 온다. 거기에 커다란 독서대를 하나 더 살 수 있다면 더할 나위가 없다. 책은 세워서 고정하고 노트는 눕혀서 고정하는 거다. 하나는 독서 전용으로, 하나는 글쓰기 전용으로. 인체공학적으로 봤을 때 직각을 이루는 가구는 근육과 관절의 움직임에 맞지 않다. 관절을 꼭짓점으로 하고 팔다리의 끝이 자연스러운 호를 이루는 게 사람 몸이다. 값비싼 인체공학적 마우스와 키보드는 모두 이 곡선을 철저히 고려한다는 걸 기억하라. 세상 모든 것이 그렇듯 간단히 하려면 간단하지만, 제대로 하려면 엄청 각 잡아야 하는 게 필사다.

여기 이 복잡한 필사의 정수를 잘 보여주는 중세 말의 그림이 있다. 이름하여 「신성한 글을 옮겨쓰는 성 제롬」. 이 그림을 그린 체니 디 프란체스코 디 세르 체니(Cenni di Francesco di ser Cenni, 1369~1415)는 이탈리아 플로렌스에서 활동한 고딕 말기 화가다. 중세의 신성함을 고이 받들면서도 인간 이성의 놀라움을 경험해가던 시기가 이때다. 신의 글을 옮겨 적으며 읽고 분석하고 즐거워하는 학자의 기쁨이 어쩌면 이리도 정확하게 표현되었는지. 성서를 번역한 것으로 유명한 '도서관과 사서의 수호 성인' 성 제롬은 여기에서도 읽고 쓰는 진지함을 감추지 않는다. 필사대와 독서대에, 분명 성서 원서와 사전일 듯한 책들을 이층으로 쌓았다. 성스러운 글에서 나온 빛이 공간을 점령한다. 온 방이 금빛이다.

그에 비해 내 필사 라이프는 저 그림처럼 거창하거나 철저하지 않았다. 도구와 재료를 바꿔가며 이 책 저 책 열심히 실험하던 '필사 허니문'은 몇 년 가지 못했다. 사회생활은 의외로 규칙적이지 않다. 나는 크게 하는 일도 없는데 왜 그렇게 맨날 바쁜가, 시간표대로 사는 일이 내게는 왜 이렇게 어려운가. 필 받아야 뭘 하는 성질 따라 즉흥적으로 필사는 시작된다. 보통 책을 읽다가 '꽂혀서' 쓰기 시작하는 경우가 제일 많다. 그러다 보니 손에 잡히는 종이 쪼가리에 쓰기도 한다. 물론 만만한 건 포스트잇이다. 여기다 이름을 붙인다면 필사의 한 종류인 '초록'이나 '부분 필사'겠지. 전문을 옮겨 적을 때에도 마

체니 디 프란체스코 디 세르 체니, 「신성한 글을 옮겨쓰는 성 제롬」, 패널에 템페라, 32.4×21.9㎝, 고딕과 르네상스 사이, 마티에센 갤러리.

음 바쁜 건 마찬가지이다. 신문 사설을 옮겨 적을 때에도 내게는 원칙이 있다. 종이 한 장에 옮겨 적을 만큼만 골라 부분 필사를 하는 거다. 기승전결 논리적이지 않고 감정에 치우친 내 글 스타일과도 같다.

이런 정신없는 내 모습은 다음에 나오는 그림 「철학자의 초상」과 비슷하지 않을까. 17세기경 이와 비슷한 구도의 그림이 꽤 그려졌다. 그리고 보통 이렇게 정신없이 필사하는 이 '철학자'는 스콜라 신학 철학자 던스 스코투스(Duns Scotus)라고 불린다. 던스 스코투스는 흔히 '정교한 박사'라 불리며 토마스 아퀴나스에 필적할 만한 대가로, 영국의 모든 사상에 영향을 미쳤다고 할 정도로 자국 학문계의 거장이다. 그는 "천국의 본질은 사랑이다"라고 강조했으며, 인간 의지가 이성보다 훨씬 중요하다고 주장했다. 성서에서 철학을 길어 올린 그 역시 책을 사랑하고 또 사랑한 사람이었던 것. 그에게도 책을 베껴 쓰는 일은 일상이었으리라.

저 남자를 보라, 입을 다물 정신도 없이 급하게 옮겨 쓰고 또 옮겨 쓰는 강한 눈빛을. 분명 문장은 비뚤비뚤하고 글자는 단정하지 않겠지. 요즘은 키보드로 글을 옮기는 타이핑 필사를 주로 하지만 속도감은 이전과 다르지 않다. 연필과 정신줄만 꽉 잡고 머리가 흐트러지든 소매가 구겨지든 단추가 풀

그린이 미상, 「철학자의 초상」, 캔버스에 유채, 132.1 x 116.8cm, 1620~1640, 개인 소장.

리든 상관 안 한다. 지금은 이 글에 집중하는 게 제일 급하다. 아, 물론, 필사는 손으로 하는 게 가장 좋다. 손의 소근육, 손끝의 말단 근육을 사용하면 감각이 민감해진다. 나이가 들면서 감각이 둔해지는 이에게도 필사를 권유하는 이유다. 나와 내 필사 친구들이 굳이 사각사각한 질감을 전달하고 반짝이는 잉크를 흘리는 만년필에 목숨을 거는 이유가 이거다. 카텔(Cattell)이 말한 유동지능은 나이 들수록 떨어진다지만, 결정지능만큼은 나이 들수록 높아질 수 있다. 필사는 이 결정지능에 도움을 줄 수 있다. 감각이 민감해지면 더 많은 감각을 받아들일 수 있다. 우리의 촉수가 춤을 춘다. 단기기억의 양도 늘어나고 뇌의 정보 전달 속도도 빨라진다. 감정적으로도 민감해지므로 나의 감정을 인지하고 타인의 감정을 잘 알 수 있다. 20대에 줄을 긋고 또 그어도 이해하지 못했던 책을 40대에 펼쳐보았을 때, '어이없게도' 술술 이해할 수 있는 것 역시 이런 이유가 아닐까. '천천히 · 깊숙히' 의 미학을 지닌 필사의 기쁨을 이미 잘 알고 있으면서도, 굳이 마음가짐이 가벼운 컴퓨터 키보드로 필사하는 이유는 21세기를 살아가는 '빨리빨리' 한국인에게는 허락된 여유 시간이 적고 마음이 급해서이다. 바로 저 헐레벌떡 철학자처럼.

문학계에 필사가 있다면 미술계에는 모작(模作)이 있다. 내가 필사를 전적으로 신뢰하는 건 모작의 능력을 경험했기 때문이다. 남들은 2~3년 준비한다는 예고 입시 미술을 '뒤늦게' 석 달 남기고 시작한 나는 순식간에 사태의 심각성과 맞닥뜨렸다. 그림을 잘 그리는 일은 차치하고서라도 어떻게 그려야 완성이 되는 건지, 그 과정까지 뭘 해야 할지 전혀 몰랐다. 미술 학원 선생님이 아무리 설명해주셔도 이해가 안 됐다. 지금 생각하면 당연하다. 텍스트는 뼈대와 같고 이미지는 분위기와 같다. 접근하는 방향과 언어가 다른데 말로 그림을 표현할 수 없음은 당연하다. 반대로, 그림으로 글을 표현할 수 없는 것도 당연하다.

선생님은 두 손 두 발 다 드셨다. 방법이 없다고 했다, 그림은 몸으로 그리는 거라서 몸으로 시간을 겪을 수밖에 없다고 하셨다. 한 장이 닳고 닳도록 그려서 '이게 완성이구나!' 하고 "유레카!" 깨달을 때까지 그리고 또 그려야 한다고 강조하셨다. 큰일이었다, 입시일은 다가오고 지푸라기라도 잡아야 했다. 제일 쓸 만한 지푸라기가 무엇일지 눈과 귀를 활짝 열고 찾으러 다녔다. 그러다 내가 찾은 방법은 모작이었다. 『미대입시』『아트앤디자인』 잡지를 여러 권 사서 A+가 찍힌 그림 사진을 구해다놓고 손바닥만 한 스케치북을 꺼내 2B 샤프로 따라 그렸다. 한 스무 장쯤 그리니 감이 잡혔다. 요즘 말로 하면 '가성비' 가 뛰어난 방법이었다. 한 장을 그리는 메커니즘은 동일했지만 한 장을 그릴 때의 시간은 달랐다. 다행스럽게도 나는 합격했다. 물론 턱걸이였지만. 내가 그걸 어떻게 아느냐면 1학년 담임 선생님 첫 상담 때 굳이 성적을 여쭤봤기 때문이다. 망신도 마다하지 않는 이놈의 궁금증이란….

로코코가 대세이던 18세기 프랑스의 풍속화가 장 시메옹 샤르댕(Jean-Baptiste-Simeon Chardin, 1699~1779)의 「그림을 그리는 젊은 학생」을 보라. 나는 이 학생을 볼 때마다 간절하게 그림을 베끼던 내 뒷모습이 떠오른다. 내가 그때 얼마나 긴장했는지, 한 장 한 장을 얼마나 간절하게 그려댔는지. 모작이나 필사나 '시간' 을 당겨 온다는 데 공통점이 있다. 김시현은 말한다. "필사는 미래의 내 모습을 끌어다 쓰는 일" 이라고. 내가 이 말에 전율을 느낀 건 작게나마 내 모작이 가져온 기적을 경험했기 때문이었다.

B- 그림을 그리는 나는 누구인지 모를 그 사람의 A+ 그림을 닮아갔다. B-에서 A+가 될 때까지는 꾸준한 시간이 필요하다. 모작은 그런 시간의 틈새를 파고들어 가끔은 변덕을 부리고, 누군가는 거기에

장 시메온 샤르댕, 「그림을 그리는 젊은 학생」, 패널에 유채, 21 x 17.1cm, 1783, 킴벨 미술 박물관.

덕을 보기도 한다. 필사도 똑같다. 지금 나는 비루한 인간이지만 대단한 사람들을 흉내 낸다. 잠시나마 그분처럼 귀한 사람이 된 느낌이다. 가끔은 그들의 예리한 인사이트를 내 것인 양 빌려 쓰기도 한다. 시간은 공평하지만 생은 공평하지 않다. 이번 생에 그들처럼 배우고 알고 생각할 수는 없겠지만, 적어도 나는 그들의 표정을 살짝 흉내 낼 수 있다. 소공녀 세라는 가난뱅이가 되어서도 마음속에 넣어둔 아름다운 것을 꺼내 그런듯 '셈 치는' 놀이로 자기 존엄을 지켰다. 아름다운 것을 알아야 아름다운 것을 가정할 수 있다. 아름다운 사람의 생각을 따라가 보아야 그 사람인 셈 칠 수 있다. '그 사람인 척하는' 기분, 나는 그걸로 만족한다. 그들의 얼굴이 되지는 못해도 아주 약간, 나는 그들의 얼굴을 닮아간다.

시를 외우는 이유

내가 근무하는 직장은 매년 '시 낭송 대회' 를 실시한다. 나는 나 나름의 방식으로 참여하는데, 대회에 출전하는 심정으로 시를 외우는 일이다. 작은 이벤트라도 그냥 넘어가지 않고 마음 귀퉁이를 접으면 내 것이 된다. 작년에는 윤동주, 올해는 김소월이었다. 윤동주 시인의 '별 헤는 밤' 과 '나무' , '반딧불' 을 외웠고, 김소월 시인의 '초혼' 을 외웠다. 어떤 시는 노래로 외우고 어떤 시는 중얼중얼 외운다. 정갈한 글씨로 쓰고 벽에 붙이고, 잊어버리고 또 외우고 또 외우고. 어떤 방식이어도 내 것이 된다는 것은 다르지 않다. 나는 문장을 온몸으로 먹고 싶다. 이 문장이, 그 마음이 되고 싶다.

가끔 나는 '그냥' 시를 외운다. 딱히 낭송할 일이 없어도 외운다. 가방 구석에는 A4 용지에 6포인트 글씨로 빼곡히 프린트한 시 여럿이 너덜너덜한 채 굴러다닌다. 정호승과 이성복의 옛 시를 오랫동안 열심히 외웠다. 공자는 시를 300편이나 줄줄 외웠다고 하고, 칸트는 고대 로마의 시를, 링컨은 셰익스피어 암송을 취미로 했다고 한다. 그러나 나는… 암송이 지향점일 뿐이다. 슬프게도 머리가 좋지 않아서 열심히 외웠던 구절들은 금방 지워진다. 하지만 모든 것은 잊혀도 감정과 태도만큼은 남는다. 내가 결정적인 순간마다 시에 매달리는 이유이다.

한편 낭독을 중시하는 사람도 있다. 책을 읽는 큰 소리가 온몸을 울리면서 정신과 육체를 변화시킨다고 한다. 암송이나 낭독은 왜 하는가, 몸으로 받아들이기 위해서다. 몸으로 받아들여 무엇에 쓰려고? 글과 하나가 되기 위해서다. 아름다운 것을 얻기 위해서다. 비루한 몸에 반짝이는 글을 담으면 좀 나은 사람이 될 수 있을까 하는 바람 때문이다. 그중에서도 나는 시를 담고 싶어 몸서리를 친다.

니콜라오스 기지스(Nikolaos Gyzis, 1842~1901)의 그림 「마음으로 배움」에는 책을 읽고 중요한 구절을 외우는 소녀의 모습이 담겨 있다. 흔히 이 그림

니콜라오스 기지스, 「마음으로 배움」, 패널에 유채, 1883, 개인 소장.

은 공부의 어려움이나 암기의 긴장감으로 읽히지만, 시나 문장을 외우고 또 외워 본 내게 그녀는 다른 차원의 아름다움으로 다가온다. 나도 아름답고 싶기에, 이 소녀의 아름답고 싶다는 욕망을 실감하기 때문이다.

기지스의 소녀 그림을 보는 순간 내 바람이 거울처럼 비추어 화면 위로 올라왔다. 소녀가 마음으로 문장을 배우는 이유를 생각해본다. 소녀의 머리칼은 단정하고 분홍 옷은 사랑스럽다. 목을 두른 코바늘 레이스는 정성스럽고 붉은 리본은 맺음새가 단단하다. 여러 번 펼쳐 보았던 책은 표지도 내지도 너덜너덜해졌다. 오른 손가락을 끼워 꼭 쥔 책에는 소녀가 바라는 것이 들어 있었으리라. 자연스레 그림 가운데 있는 소녀의 왼손으로 시선이 가 닿는다. 소녀의 손길은 가슴 근처에 있어 마치 무엇을 받드는 것처럼 보인다. 놀라운 글을 쓴 이의 마음을 받드는 것이 첫 번째, 아름다운 글을 담은 제 마음을 받드는 것이 두 번째일 것이다. 그뿐인가, 마음은 언어에만 머물지 않는다. 사람이 스친 곳이라면 마음은 어디에나 있다. 이제 흐트러진 마음에 고개를 숙인다. 내게 오기를 청한다. 내게 닿은 것이라면 작은 마음이라도 귀하게 모셔와야 한다. 그렇게 마음은 거대한 것이다. 당연히 정성으로 받들어야 할 만큼.

화가가 선택한 모델은 마음을 가득 채운 얼굴을 가지고 있다. 귀한 글줄을 외우는 소녀, 입 안으로 몸 안으로 오물오물 글을 곱씹는 소녀. 눈빛뿐 아니라 입가에 고인 감정의 깊이가 그림 안쪽으로 머문다. 마음의 고상함이 얼굴로 드러난다. 우아함이 깊이 고인 얼굴이다.

서울의 동도중학교에는 20년 가까이 이어온 특별한 전통이 있다고 한다. 학생들은 3년 간 시 100편을 외운다고 한다. 처음엔 잘못 들은 줄 알았다. '낭송' 도 아니고 '암송' 이라니. "시를 암송하면 영혼이 맑고 깨끗해지며, 언어가 순화되고 어휘력이 향상된다."는 신념으로 끈질기게 지도를 이어온 국어 교사들 덕분이다. 100편의 국내 시를 선정하여 3년간 체계적으로 수행 평가에 반영한다. 일주일에 시 한 편씩 외우면 일 년에 33편씩, 3년간 충실히 국어 시간을 보내면 100편을 외울 수 있다는 계산이다. 쉬는 시간까지 쫓아다니며 시를 외우라는 야단스러운 선생님들 덕분에 대부분의 학생들이 100편의 시를 외우고 졸업한다. 졸업할 때는 이 시들에 50개의 시를 더한 시집 암송책을 증정한다고. 시의 효과는 학교 분위기에도 영향을 미쳐 학교 폭력 수치가 매우 낮다고 한다. 어디 이 학교뿐일까. 전국 여러 중고등학교에서는 매달 시 암송 대회, 학기말에는 시

경시대회를 한다. 시인들의 문학관 답사는 만여 개가 넘는 학교마다 철철이 있는 행사다. 서울의 윤동주 문학관, 김수영 문학관은 단골 코스이고, 기차를 타고 안동의 이육사 문학관, 하동의 박경리 문학관까지도 간다. 시인은, 시는 놀랍다. 하루하루 나이가 쌓일수록 박완서의 시 이야기가 가슴에 와닿는다.

> 심심하고 심심해서 왜 사는지 모르겠을 때도 위로받기 위해 시를 읽는다. 등 따습고 배불러 정신이 돼지처럼 무디어져 있을 때 시의 가시에 찔려 정신이 번쩍 나고 싶어 시를 읽는다. 나이 드는 게 쓸쓸하고, 죽을 생각을 하면 무서워서 시를 읽는다. 꽃 피고 낙엽지는 걸 되풀이해서 봐온 햇수를 생각하고 이제 죽어도 여한이 없다고 생각하면서도 내년에 뿌릴 꽃씨를 받는 내가 측은해서 시를 읽는다.
>
> 박완서, 《못 가본 길이 더 아름답다》, 현대문학, 2010.

시가 왜 놀라운가, 시는 변화를 가져오기 때문이다. 시를 품으면 나 자신이 달라진다, 진짜다. 시는 함축의 예술이다. 짧지만 무한을 담고 있다. 그래서 시 한 줄을 외우는 것은 한 줄의 글을 외우는 게 아니다. 시어는 추상적 개념이다. 추상(抽象)은 구상

(具象)의 반대어다. 구체적인 형상의 정반대라는 의미다. 좁은 방에 갇혀서 외우는 시는 드넓은 바다를 데려 온다. 눈에 보이는 구체적 현실을 벗어나 폭넓은 상상을 하게 한다. 다른 의미를 깨닫게 한다. 박준의 시를 외우면 미인의 손을 잡게 된다. 신철규의 시를 외우면 눈물이 진주가 되어 무겁게 떨어진다. 이성복의 시를 외우면 지금 선 장소가 남해 금산이 된다. 황학주의 시를 외우면 이 목덜미가 동백꽃이 된다. 삶은 현실의 잔인함을 경험하는 과정이다. 몸이 낡을 수록 자연히 마음도 얇아진다. 예술의 놀라움은 이런 마음에 근육을 만든다는 점. '예술을 경험할 수 있는 몸' 은 현실 이면을 볼 수 있는 마음을 열어준다. 우리가 현실에 시달릴수록 예술에 매달려야 할 이유다. 몸으로 예술을 받아들여야 할 이유다. 그중 가장 '가성비' 높은 일 중 하나는, 나의 경우 시 암송이었다.

모니터 바탕 화면에 난잡한 아이콘들 사이에서 '암송' 이란 한글파일을 더블 클릭한다. 사방 여백을 1센티미터로 줄이고 6포인트의 글씨, 네 개의 다단으로 빽빽하게 채운 내 시들의 보물 상자. 새로 산 시집에서 플래그를 붙인 페이지를 펼치고 시를 옮겨 타이핑한다. '저장' 버튼을 누른 후 출력한다. 아코디언처럼 네 겹으로 접어서 앞치마 주머니에 넣어둔다. 새롭게 외울 문장들이다. 이 종이가 너덜너덜해질 때까지 꺼내 봐야지. 잠시 바라만 보아도 조금 나으니까.

이 글을, 이 마음을, 사랑하지 않을 수가 없다.

책의 여백을 대하는 자세

새 책이 손 안에 들어오면 어떻게 모실까? 일단 손을 깨끗이 하고 열두 개의 모서리를 조심스레 훑는다. 따끈한 새 책을 조심스레 품었다가 무릎에 올리고 압력 선 따라 표지를 접는다. 표지를 넘기면 보이는 고운 색지는 시간에 물든 하늘 같다. 색지를 넘기면 보이는 첫 장은 무한한 공간 같다. 이 책이 열어주는 새로운 공간으로 이제 나는 들어선다. 연필 하나를 집어 들고.

도서관을 드나드는 '책러' 들이 소스라치게 싫어하는 부류가 있다. 바로 공공의 책에 줄을 긋거나, 여백에 글을 쓰거나, 책장을 접어 중요 표시를 하는 사람들. 어떻게 여러 사람이 보는 책을 자기 것처럼 막 사용하는가, 그지없이 이기적이라고 화를 낸다.

그러나 나는 타인이 남긴 생각, 흔적들이 싫지 않다. 오히려 그런 책들을 찾아 헤맨다. 도서관에 대출 가능한 같은 책이 두세 권 있다면, 기왕이면 타인의 기록이 많이 남은 책을 빌린다. 중요 부분에 밑줄을 그은, 자기가 애정하는 누군가의 이름을 적어둔, 별을 치고 느낌표를 친 책 말이다. 누군가는 이런 나에게 경악하며 말한다. "역시 너는 변태적이야." 나는 전혀 기죽지 않고 여유 있게 대답한다. "아니, 나는 인간적인 거야." 기막혀하는 그에게 주저리주저리 부연 설명한다. "왜, 좋잖아. 나보다 먼저 이 책을 읽은 사람이 중요하다고 표시해둔 거잖아. 앞선 대출자가 어떤 사람이었는지 상상도 할 수 있고."

예나 지금이나 도서관에서는 '낙서 금지'를 외치지만, 지금이라고 책에 표시하지 않고 못 견디는 사람들이 가만있는 건 아니다. 많은 이의 손을 거쳐 온 인기 책을 간신히 영접하고 나면, 그의 몸에 난 영광의 상처들을 확인할 수 있다. 보일 듯 말 듯 그은 가느다란 연필 선, 그었던 연필 선을 지우느라 생긴 지우개 흔적, 강아지의 귀 모양을 닮아 '도그지어'라고 하는, 책장 모서리를 접었다 편 사선 자국들, 미처 다 떼지 못하고 반납한 포스트잇 한두 개까지 꼭 남아 있다. 본능과 제재 사이의 적절한 타협안이다.

그래서 많은 독서러들은 그냥 책을 구입한다. 책에 줄을 긋기 위해서, 무언가 쓰기 위해서. 일단 연필을 든다. 온라인 서점에서 광고하는 '바이백(Buy-Back)' 따위는 진짜 독서러들에게 의미가 없다. 어차피 내 책은 안 깨끗할 거고, 어차피 못 팔 거니까. 책에 일단 뭔가 쓰고 나면 '이 책을 깨끗하게 봐야지.' 하는 의미 없는 각오에서 벗어나게 된다. 이 책을 통해 더 이상의 금전적 이익을 기대할 수 없게 되면 이 책에서 내가 얻을 수 있는 알맹이에만 집중하게 된다. 내용 요소를 파고들게 된다. 줄을 긋고 별을 치고 물결을 그리는 과정을 통해 이 책의 빈 공간에 별과 별자리를 긋게 된다.

중요도에 따라 줄을 긋고 필기를 하려면 삼색 볼펜이 좋다지만, 책에 필기할 때만큼은 꼭 연필을 쓴다. 압력에 따라 연하고 가는 선부터 아주 진하고 굵은 선까지 그을 수 있는 2B나 4B연필을. 하드커버 책이 아니라면 보통 갈피 대신에 연필을 끼워 다닌다. 언제든 무어라도 쓰기 편해서다. 나는 연필을 들어 Good, ☆, ♡, Review 등의 표시를 한다. ?나 !를 쓰면서 궁금함과 충격을 표하기도 하고, 때로는 의문 사항을 구체적으로 적는다. 제목이나 프롤로그 등을 통해 이 책의 키워드가 될 만한 단어를 인지하고 네모 혹은 동그라미로 표시하기도 한다. 도형 도다 의미가 있다. 네모는 개념이고 세모는 인물이며 역삼각형은 장소다. 색깔마다 달리 붙이는 포스트잇도 다 다른 역할이다. 하늘색은 인문학적 단어 혹은 개념, 노랑은 언어적 표현, 초록은 이 내용의 배경 설명, 보라는 강의에서 강사가 강조한 부분들이다.

오래전 귀납적 성경 공부를 할 때, 성경의 여러 책과 책들, 혹은 맥락과 맥락 사이를 오가며 의미를 확인하는 방법을 배웠다. 이유는 빨강, 반전은 파랑, 연결은 보라, 시간은 노랑, 장소는 황토색 색연필로 단어를 체크하며 공부했다. 화살표를 그어 가면서 맥락 있는 단어를 흐름에 따라 연결하기도 했다. 그렇게 해도 해석되지 않는 본문의 내용을 다른 본문에서 해독했다. 성경의 전체 맥락은 신을 이야기하는 것이므로, 모든 부분이 동일성을 지니고 있고, 이쪽이나 저쪽이나 같은 의미로 해석할 수 있음을 알게 되었다. 이러한 수수께끼 찾기를 나는 아주 잘했다. 나중에 이러한 방법을 동양에서 '이경해경(以經解經)' 이라 함을 알게 되었다.

원의 사대부 화가 조맹부(趙孟頫, 1254~1322)의 그림 「작화추색도(鵲華秋色圖)」를 볼 때면, 무한한 여백을 가만두지 못하는 사람, 책장을 넘기면 열리는 여백에 무엇인가를 쓰고 남기고 싶어 안달 나는 사람들이 떠오른다. 저 먼 중국의 700여 년 전에도 무한한 여백을 가만두지 못하는 사람들이 있었던 것이다.

그렇다. 그들 역시 읽고 쓰기를 좋아하는 사람들이다. 그림을 그리고 글을 쓰는 조맹부 같은 사람들을 '문인 화가' 라고 하며, 그처럼 직업 화가가 아닌 인문학자들이 여가를 활용해 흥취를 표현하기 위해 그린 그림을 '문인화' 라 부른다.

조맹부는 고향을 그리워하던 친구 주밀에게서 부탁을 받는다. 자기 집안의 터와 같은 산동 이남의 작산과 화산을 그려 달라는. 그는 친구의 마음을 읽었다. 고향을 추억하고 싶은 그리움, 그 애틋함을. 조맹부는 한 번도 산동성에 가 본 적이 없었다. 그러나… 문인의 그림은 형태의 정확함이 아니라 생각과 뜻이 중요하다. 옆으로 긴 종이를 펼친다.

가로로 긴 화면에 산과 나무가 줄줄이 서 있다. 산을 한 화면에 담기 위해 작게 그렸고, 나무는 상대적으로 커졌다. 이렇게 화면 속에 산 전체의 모습을 모두 담는 것을 대관(大觀)이라 한다. 대관은 '큰 시각' 이라는 뜻을 가지고 있는데, 전통 중국 산수에서 중요한 위치를 차지한다. 고원과 평원과 심원의 시선을 모두 사용하여 세로로 첩첩이 쌓은 웅장한 세로형 산수가 대표적 대관산수이지만, 특별히 「작화

조맹부, 「작화추색도」, 종이에 담채, 28.4×93.2cm(제발 포함 540cm), 1259, 타이베이고궁박물원.

43 일심동책

추색도」처럼 산과 나무가 옆으로 줄줄이 늘어서 옆으로 본 평원을 강조하는 이러한 모양새를 '평원산수'라 한다.

특이하게도 「작화추색도」는 풍경의 가운데 부분이 트이지 않고 나무와 흙이 집중되어 쓰였다. 시선은 자연스레 풍경의 중심에 집중하고, 보는 이는 깊은 치밀함을 느끼게 된다. 누군가는 이런 배치 때문에 이를 역삼각형 구도라고 말한다. 나무를 표현하는 붓질인 해조묘법, 녹각화법, 수두점법, 오동점법을 사용해 다양한 종의 식물들을 그려주었고, 산과 바위를 표현하는 붓질인 피마준과 하엽준을 사용하여 다채로움을 돋우었다. 한편 이들 준법에 더하여 갈필법을 활용함으로써 이미지의 선적 표현이 두드러진다.

송의 정신, 청아한 아름다움과 고아한 정취를 담고자 한 화가의 그림은 연한 먹 위에 청록의 색채를 담담하게 띤다. 청록산수의 흔적을 지닌 작품이다. 그러나 무엇보다 눈에 띄는 이 그림의 특징은 산수를 둘러싸고 빼곡히 쓰고 찍은 글과 도장이다. 물론 처음에는 이 그림에도 나무와 산을 둘러싼 충분한 여백이 있었다.

이 글과 도장은 무엇인가. 일단 시대의 특징을 기억하자. 원나라는 문인화의 절정기다. 조맹부는

고의(高義)를 표방한다. 송을 기억한다는 의미다. 그는 "그림에 뜻이 없으면 공교하더라도 의미가 없다."는 주장을 펼치며, 무엇보다 그림에 뜻이 담겨야 한다고 주장했다. 조맹부의 글씨를 그의 호를 빌어 '송설체'라 부르는데, 말 그대로 송나라의 전통 가운데 또 다른 장점을 결합시켜 발전시킨 필체다. 이러한 조맹부의 그림에 뜻을 풍부하게 담을 수 있는 글씨가 거듭 쓰이는 것은 자연스러운 일일 터.

문인들은 그림을 볼 때 그저 바라보지만 않았다. 이미지와 뜻이 담긴 훌륭한 그림을 보면 손이 근질근질했다. 이 놀라운 그림을 보고 느낀 경이를 기록하고 싶었고, 누군가에게 자신의 감상을 알리고 싶었다. 다음번 그림을 감상하는 이는 앞선 감상자의 감상을 읽고 자신의 감상과 공통점과 차이점을 적고 싶었다. 이 그림의 지금 주인은 바로 나라며 도장을 쾅 찍어두고 싶었다. 이렇게 그림에 쓴 글을 '제발(題跋)'이라고 부른다. 저 아름다운 한문을 나는 읽을 줄 모르기에 학자들이 알려준 내용을 전하자면, 동기창, 건륭황제 등이 이 제발을 쓴 주인공이라고 한다. 이 인장들은 모두 200여 개에 달한다고 하는데 그중 여러 개는 건륭황제가 자신의 소유를 밝히기 위해 찍은 수장인이라고. 누군가는 「작화추색도」의 수장인을 저작권을 강조하는 워터마크에 비유하여 '공해 수준이다' '그림을 망쳤다' 고 말하지만 나의 생각은 너무나 다르다. 가장 적절한 여백에 가장 적절한 모습으로 각색의 도장을 찍었다고 생각한다. 아니, 너무나 아름답지 않은가. 무한한 하늘에 빛나는 별처럼 살아 숨쉬는 글씨와 도장들이.

조선 말기의 문인화가 추사(秋史) 김정희(金正喜, 1786~1856)의 대표작 「세한도(歲寒圖)」 역시 이러한 상찬의 글로 유명한 작품이다. 김정희는 말했다. "만 권의 책을 읽어야 그것이 흘러넘쳐 글씨와 그림이 된다" 고. 「세한도」는 그가 읽은 만 권의 책 중에 《논어》 '자한편' 의 한 구절이 그림이 된 케이스다. "한겨울 추운 날이 되어서야 소나무와 잣나무가 푸르름을 비로소 알게 된다(歲寒然後知 松栢之後凋)."

순조의 시대에 한 시절을 호령하던 김정희는 불미한 사건에 휘말려 고초를 겪고 제주도에 8년간 유배되었다. 그를 따르던 이들이 모두 떠난 그때 제자 이상적의 충의가 빛을 발했다. 역관이던 그는 중국 연경(북경)에서 《만학집(晩學集)》과 《대운산방집(大雲山房集)》, 《황청경세문편(皇淸經世文編)》 등 귀한 책을 구해 제주도로 전달했고, 김정희는 자기 처지와 상관없이 존경을 표한 이상적에게 감동해 소나무와 잣나무, 완당(자기 집) 그림을 그리고 그림 왼쪽의 빈 여백에 제자의 인품을 상찬하는 글을 써 주었다. 그림으로 뜻을 표현한 문인화는 근본적으로 글과 동일하다. 그림을 보며 글처럼 읽는 것, 그것이 추사의 문인화다. 이 온전한 그림을 더욱 빛나게 한 것은 이상적의 다음 역할이었다. 그는 소중히 여기던 「세한도」를 연경으로 가져가 청나라 학자들에게 보이고 찬시를 받았다. 여백이 부족하고 또 부족했다. 열여섯 명의 학자들이 글을 쓰고 도장을 찍었다. 종이를 덧대고 또 덧대 두루마리로 만들었다. 이상적의 사후, 그림은 여러 주인을 만나게 되었으며, 그중 한 소장자 김준학 역시 자신의 감상을 기록했다. 나중에는 서화 비평가 오세창, 대한민국 초대 부통령 이시영, 국학자 정인보 역시 종이를 덧대 감상을 적고 도장을 찍었다. 그림은 고작 103㎝, 덧댄 글의 총길이가 10m에 다다랐다. 그림을 읽는 이 역시 무엇인가 적지 않고는 못 배겼던 것이다. 이 모든 제발이 함께하여 「세한도」가 완성되었다. 우리의 책이 그의 낙서와 내 낙서가 함께하며 유일무이한 특별한 책이 되는 것처럼 말이다.

사료적 가치가 있는 모든 문자의 기록 예술을 금석문(金石文)이라 한다. 처음에는 갑골문과 대나무 죽간에 새긴 문자, 청동기에 새긴 글씨 등을 의미했지만, 그 의미가 점차 확대되어 글이 주가 되는 예술

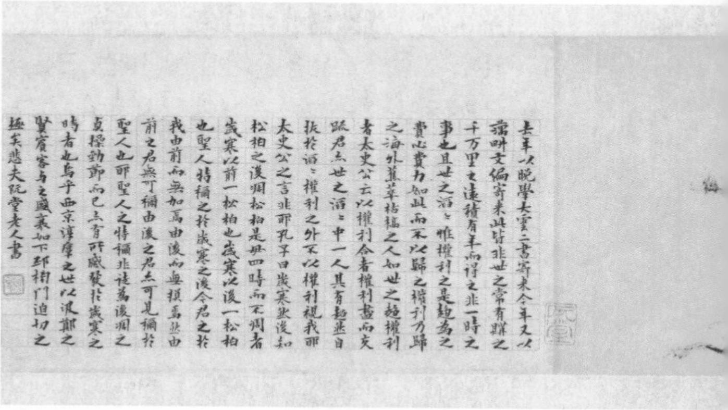

去年以晩學大雲二書寄來今年又以
藕畊文編寄來此皆非世之常有購之
千万里之遠積有年而得之非一時之
事也且世之滔滔惟權利之是趨爲之
費心費力如此而不以歸之權利乃歸
之海外蕉萃枯槁之人如世之趨權利
者太史公云以權利合者權利盡而交
疏君亦世之滔滔中一人其有超然自
拔於滔滔權利之外不以權利視我耶
太史公之言非耶孔子曰歲寒然後知
松柏之後凋松柏是毋四時而不凋者
歲寒以前一松柏也歲寒以後一松柏
也聖人特稱之於歲寒之後今君之於
我由前而無加焉由後而無損焉然由
前之君無可稱由後之君亦可見稱於
聖人也耶聖人之特稱非徒爲後凋之
貞操勁節而已亦有所感發於歲寒之
時者也烏乎西京淳厚之世以汲鄭之
賢賓客與之盛衰如下邳榜門迫切之
極矣悲夫阮堂老人書

김정희, 「세한도」, 종이에 수묵, 23.9×70.4cm(제발 포함 33.5×1469.5cm, 국보 180호, 국립중앙박물관.

歲寒圖
藕船是賞
阮堂

을 금석예술로 부른다. 조맹부의 「작화추색도」와 김정희의 「세한도」의 경우도 이 모든 글자들이 예술적으로 형상화된 작품이다.

중국 현대 만화 예술의 창시자이자 화가, 수필가였고 번역가였으며 음악과 미술에 조예가 깊었던 펑쯔카이(豊子愷, 1898~1975)가 금석예술에 대해 남긴 글을 보라, "한 치도 되지 않는 작은 공간에다 글자를 배치하고 여백을 마련한다. 그리고 자신의 창의적인 구상을 발휘하여 가장 이상적이고 아름답고 결점 없는 소우주를 창조한다."(차이자위안(蔡家園), 《독서 인간》, 알마, 2015) 펑쯔카이는 수장인이나 장서인 같은 도장에 대해 쓴 글이지만, 글과 도장이 촘촘한 저 문인화에도 유효한 말이 아닐까 싶다.

당나라 시인 피일휴(皮日休, 838~883)는 말한다. "자신도 모르게 선생께서 마음을 찍으시는지, 인간세상 책 만 권에 모두 장서인을 찍으셨다네."(차이자위안, 위의 책) 이 책이 내 것이라는, 내 소장 도서라는 표시인 장서인은 지금에도 유효하다. 사랑하는 이에게 나의 추억을 남기고 싶어하듯, 사랑하는 무언가에 나의 흔적을, 나의 이름을 남기고 싶은 건 본능이다. 책의 빈 여백에 나의 기쁨을, 나의 슬픔을 얼마든지 기록해도 괜찮다. 나의 깨달음을 나의 궁금증을 기록하고 또 기록하자. 책의 어디에나 사람의 흔적은 기록되어야 한다.

책의 빈 공간은 나의 하늘이다.

책상은 원래 다 이렇잖아요

하루 중 잠시라도 내 시야에 책이 없는 순간은 없다. 방문을 열면 제일 먼저 보게 되는 것도 책이요, 방에서 가장 큰 부피를 차지하는 것도 책장이고, 붙박이장 안에도 절반쯤은 책으로 가득하다. 내 방에는 책장이랑 책상, 의자말고는 가구가 없다. 침대는 당연히 없다. 바닥에도 책이 나름의 규칙을 지니고 쌓였다. 책들 사이 딱 1인 매트만 한 공간에서 잔다. 베개 옆에도 여러 권의 책이 흐트러져 있다. 알 만하지만 내 방은 안 깔끔하다.

직장에서도 내 공간은 눈에 확 띈다. 깔끔한 사무실에 지저분한 책상은 딱 하나다. 파티션 위까지 책이 수북하게 올라와 있으니 어떻게 안 거슬리겠는

가. 직장 1~2년차일 때는 "수정 씨, 책상 좁지 않아요? 책 좀 치워요." 소리를 꾸준히 들었다. 그즈음 정리정돈 대마왕 남자 동료와 책상을 나란히 쓴 적이 있었는데, 그때처럼 민망한 적이 없었다. 최소한의 파일과 최소한의 교과서가 각 잡혀 서 있는 책상, 먼지 하나 없이 깔끔하게 유리를 닦은 후 퇴근하는 그분의 책상 바로 옆에, 종이 뭉치와 책 더미로 어지러운 내 책상이라니…, 성별에 대한 고정 관념까지 더해져 그나마도 별로인 이미지를 제대로 버렸다. 다행히 지금은 좀 큰 책상을 쓰는 자리로 이동했는데도, 책상 위가 수북한 건 변하지 않았다. 커다란 모니터와 업무 파일이 꽉 찬 공간 박스 한 개를 제외하고는 모두 책이다. 일단 왼편에는 미술 서적이 가득 쌓인 탑이 있다. 제멋대로 튀어나온 포스트잇이 에어컨 바람에 흩날린다. 정면에는 시집이 가득 쌓여 있다. 중간중간 사이즈가 비슷한 문고판이 끼어들어 흐름을 끊기도 한다. 책상 오른편이 제일 복잡스럽다. 읽던 책들이 쌓여 있으니까. 도서관에 반납해야 할 책들은 책상 아래 플라스틱 통에 넣어 둔다. 잘 안 보이는 곳이라 반납일을 넘기기 일쑤지만.

실기실은 더 가관이다. 조그만 간이 책상말고도 작업대로 쓰는 유리 테이블 위에 책들이 빽빽이 쌓여 있다. 거기에 미술 도구까지 복작거리니 어지럽다.

자칫하면 순식간에 물감이나 반짝이가 책에 뒤엉킨다. 실기실 뒤쪽으로는 공간 박스가 쌓여 있는데, 거기도 책이다. 내가 몇 년 동안 고이 모아온 윤독 도서와 미술 도서들이 꽂혀 있고, 가끔 거기에 미술 도구가 뒤섞인다. 당연히 문을 꽁꽁 닫은 캐비닛 안에도 책이 들었다. 하지만 내가 주장하고 싶은 건 확실하다. 이 복잡한 공간에도 나름의 질서가 있단 말이다. 어떻게든 다 안다. 잘 모르지만 '감으로' 찾으면 다 안다. 책 읽는 사람의 책 레이더는 기민하게 반응하니까 뭐.

내가 세상에서 결코 이길 수 없는 게임은 미니멀리스트와의 경쟁이다. 깔끔하고 환한 방과 책상이라니. 그게 가능한 일인가? 나루케 마코토는《책, 열 권을 동시에 읽어라》라고 말했지만, 열 권은 무슨… 욕심을 부리다보면 스무 권도 동시에 읽을 수 있다. 책을 애인에 비유하는 사람들 이야기를 잠시 빌려온다. 책 분야에서는 우리만 한 어장남녀가 없다. 나는 그중에서도 욕심꾸러기라 내 현실은 수녀님이지만 책에 관해서만큼은 나름 '선수' 카사노바라고 자부한다. 게다가 책상에는 책만 있어야 하는 게 아니란 말이다. 책을 소재로 푸른 안개 같은 그림을 그린 '이정호' 일러스트레이터의 캘린더도 꼭 세워두어야 하고, 목이 아프지 않게 책을 읽을 수 있도록 높이 조절이 가능한 초대형 yiyo 독서대도 꼭꼭 있어야 한다. 리디북스에서 스페셜 고객에게만 제공한 '프로독서러' 머그컵도 있어야 하고, 굳이 책 여러 권을 구입하면서 간신히 손에 넣은 '이승우' 의 《모르는 사람들》 머그컵도 있어야 한다. 클립과 옷핀을 넣어두는 《데미안》 틴케이스도 손 닿는 곳에 있어야 하고, 《자기만의 방》 '버지니아 울프' 와펜도 모니터 옆에 붙여 두어야 한다. 걸상에 걸린 낡디 낡은 에코백도 영국의 '던트북스' 굿즈다. 똑같은 디자인으로 딥그린, 와인, 그레이 컬러를 갖고 있다는 건 안 비밀이다. 오래전 펭귄북스 에코백도 컬러별로 오렌지, 핑크, 그린을 구입해서 바닥에 구멍이 나고 끈이 끊어질 때까지 썼다. 요즘 더 핫해진 온라인 서점의 '굿즈' 경쟁에 내 책상 위는 쌓이기만 할 뿐 환해질 수가 없다. 누워서 읽는 독서대는 종류별로 다 관심을 가져보고 고민했다. 그러다 정착한 건 오래 전 단종된 '라이엔북' 인데, 몸통에 물을 채워 쓰는 터라 무겁고 오래돼서 삐걱거리고 나사가 헐거워져 책 거치대가 가끔 내려앉기도 하지만, 나의 보물 중 하나다. 네이버 중고나라 카페에 몇 년 동안 키워드를 등록해놓고 기다려 간신히 구매했다. 집에서 먼 동네에서 거래한데다 물건의 부피가 있어 물건 가격보다 택시비가 더 많이 나왔다. 이렇게 책과 연관된 것에 돈을 쓰는 데는 죄책감이 느껴지지 않는다. 이는 고달픈 우리나라 독서계에 '책러' 로서 지출하는 내 나름의 '독서 회비' 고, 이것 역시 독서 행위의 일부라고 생각하기 때문이다.

에곤 실레(Egon Shiele, 1890~1918)의 그림 두 점을 바라본다. 1911년에 그린 「에곤 실레의 노이렌바흐 방」이 먼저고 1914년의 「실레의 책상」이 다음이지만 그림을 배치한다면 전자를 우측에, 후자를 좌측에 놓고 싶다. 양측에 벽이 있도록 두는 게 안정감 있는 공간을 구성하니.

이즈음 실레는 모델이자 연인이었던 발리 노이칠(Valerie Neuzil)과 살던 비엔나를 떠나 크라마우로, 다시 노이렌바흐로 이주해 구설수에 시달린다. 결혼도 안 한 남녀가 함께 사는 걸 주변에서 곱지 않게 보았던 것이다. 게다가 실레와 발리는 문란한 애정 행각에 거리낌이 없었다. 더 큰 문제는 동네 불량 소녀들이 그 집에 오가며 모델을 했다는 것. 사람들은 실레가 그녀들을 유혹해 집을 나오게 하고 옷을 벗으라 해 그림을 그린다며 수사를 의뢰했다. 1912년 4월, 경찰은 실레의 집을 수색하고 음란한(?) 그림들을 찾아냈다. 실레는 감옥에 갇혔으며, 백여 점의 그림들은 압수당했다. 실레의 그림이 낯선 예술임을 알아본 판사는 고민 끝에 그림 한 장을 태우는 걸로 상황을 중재한다. 다행히 사건은 그렇게 일단락되었다.

「실레의 책상」은 실레가 인생 전성기를 누리고 있을 때의 풍경이다. 비엔나, 쾰른과 뮌헨, 파리에서까지 실레의 그림은 단체전과 단독전을 통해 날개를 펼쳤고, 실레는 자신감과 더불어 나름의 안정감을 찾게 된다.

실레의 방과 책상을 보고 있으면 누런 종이 냄새가 코끝에 맺히는 듯 간질거린다. 과장을 좀 하자면, 장판지에 식용유로 그린 듯 얼룩에 깊이가 있다. 손에 묻은 기름기가 반질반질한 책에 얼룩으로 맺히듯 누렇고 불그레한 붓질이 보는이의 가슴에도 물씬 맺힌다. 실레는 유난히 자화상을 많이 그린 화가다. 자아가 강했고, 어떤 상황에서도 대담한 각도와 포즈로 거만하게 자신을 신격화했다. 하다못해 '노이렌바흐 사건' 때는 예수의 고난에 자신을 대입해 그림을 그리기까지 했다. 자아가 강한 화가의 작품에는 특징이 있다. 무엇을 그려도 자기를 표현한다는 것. 소녀를 그려도 여자를 그려도 드글드글한 실레의 욕망이 폭발한다. 나무를 그려도 메마르고 강렬한 에너지를 뿜어낸다. 인물이며 풍경이 그러한데 실내화와 정물화는 어떠하겠는가. 「에곤 실레의 노이렌바흐 방」, 「실레의 책상」 모두 실레 자체다.

에곤 실레는 너무나 완벽한 예술가의 전형이다. 나는 그 앞에서 자주 비참하다. 화수분처럼 쏟아내는 그의 그림, 예리한 감각과 과감한 표현, 지치지 않는 에너지를 사랑하지만 어떤 의미로나 실레는 내게 '머나먼 당신'이었다. 예술가인 척 살았지만 예술가의 가능성이 없는 인격이라는 게 서글프다, 나는 현실의 무엇도 넘어설 수 없는 인간이었다. 나는 실레처럼 재빨리 그림에 자아를 쏟지 못한다. 육체의 욕망이 부족해 관능적으로 표현하지 못한다. 이기적으로 살 수 없다. 순간이나마 나에게 헌신적이었던 누군가를 내버리지 못한다. (실레는 '헌신'으로는 다 표현할 수 없을 만큼 전적으로 헌신적이었던 발리 노이칠을 잔인하게 버리고, 1915년 부유한 퇴역 공무원의 딸과 결혼한다.) 나와 그는 단 하나도 맞닿을 데가 없었다. 나의 초라함이 아쉬웠다. 적어도 이 그림을 보기 전까진.

그럴듯한 가구 하나 없는 방, 다리가 부러질 듯 휘청거리는 테이블과 기우뚱해 뒤뚱거리는 의자 같은 예민함. 빈센트 반 고흐의 방을 연상시키는 불안하고 과장된 구도는 기괴하고도 초라하다. 걸쳐 놓은 옷 한 벌 없는 황량함. 과한 것이라고는 책상 위에 가득한 책뿐인 그의 공간. 적어도 내 방과, 무엇보다 내 책상과 꼭 같지 않은가. 그리고 이 글을 읽

에곤 실레 「실레의 노이렌바흐 방」, 패널에 유채, 40×31.7㎝, 1911, 비엔나 미술사 박물관.

게 될 책을 좋아하는 누군가의 책상과도.

책을 좋아하는 사람들에게 책상만큼 중요한 가구는 없다. 누워서도 뒹굴면서도 읽을 수 있는 게 책이지만, 각 잡고 읽는 책의 즐거움도 만만치 않기 때문. '책의 집' 인 책장도 물론 중요하지만 '책의 놀이터' 인 책상만 하랴, 김정운의 《남자의 물건》을 읽다가 눈이 번뜩 뜨였다. 이어령의 신박한 책상 때문에. 이어령은 3m나 되는 넓고 긴 책상을 앞뒤로 배치한다. 앞의 책상은 예의 '책상' 이지만 뒤의 책상은 '작업대' 다. 이어령의 서재에 다녀온 지은이에 의하면 총 6대의 컴퓨터가 있다고(노트북까지 포함하면 일곱 대다). 일본어용, 윈도 컴퓨터 등 제각각 용도가 다르다고 한다. 그뿐 아니라 아이패드, 갤럭시노트, 킨들 등 각종 모바일 기기로 가득한 것이 이어령의 책상이다. 자료 정리용 컴퓨터가 여러 대, 클라우드 플랫폼을 활용해 집필하는 컴퓨터까지 따로 있다고 한다. 구순에 가까운 열정은 청청하다. 그는 자기 생각을 표현하기 위해서 작업 환경이 중요하다고 강조하는데, 이 엄청난 지성 역시 책상이 책으로 잔뜩 어질러진 것은 매한가지다. 오랜만에 그를 찾은 TV 프로그램에 등장한 이어령은 이 책상은 어지르기 위한 것이라며 웃었다. 손 닿는 곳에는 언제나 책이 있어야 한다며 한 번 더 웃었다. 그 웃음에

에곤 실레, 「실레의 책상」, 캔버스에 유채, 104×67cm, 1914, 레오폴트 미술관.

찡한 웃음을 지었던 이라면, 그의 책상 역시, 혼돈의 서랍 역시 우리가 잘 아는 상태일 거라 나는 확신한다.

"남자들은 성(城)을 쌓는다."고 이어령은 말한다. "난 장군이야, 책상 위에서 병사들의 사열(査閱)을 받지."라고도. "여자들은 남자와 달리 책상이 아니라 상자를 가진다"고도. 그러나 나는 이 드높은 지성에 조심스레 반기를 들고자 한다. 그게 어디 남자만의 이야기일까. 아무리 상자가 커봐야 책상만 할까. 상자에 만족하지 못하는 여자가 얼마나 많겠는가. 책이 있고 책상이 있는 곳이면 성은 자연히 쌓이게 마련이다. 그러니 책상 위에 가득 놓인 책과 책들을 '얼른 치우라' 며 무시하지 말란 말이다. 이건 그냥 책상과 책이 아니다. 책상은 나의 성이며, 나는 이 성을 지키는 장군이며, 책은 나의 백성이자 자부심이다. 두고 보라. 하늘에 닿을 듯이 높고 높게 쌓을 테니. 다른 건 몰라도 '어지르고 펼치고 쌓는' 게임만큼은 자신있다.

웰컴 투 이북(e-book) 월드

《마쿠라노소시(枕草子)》는 짧고 감각적인 글로 짜인 아름다운 고서(古書)다. 헤이안 시대 궁녀 세이 쇼나곤(清少納言)이 지었다고 하며, 흔히 일본 수필 문학의 효시라고 한다. 풍경이나 상황을 관찰하여 얻는 흥취를 '오카시(をかし)' 라 하는데,《마쿠라노소시(枕草子)》는 오카시의 아름다움을 대표하는 작품이다. 이 수필집의 제목을 번역하자면 '베갯머리 서책', 참 희한한 이름이다. 일상적이면서 일반적이지 않은 제목이 허를 찌른다. 왜 이런 이름이 붙었는가.학자들의 해석은 여러 가지지만 그중에 시선을 끄는 설(說) 두 가지, '머리말(마쿠라)에 두어야 할 책' 이라는 이야기와 '베개처럼 남에게

감추어야 할 책' 이라는 이야기. 둘 다 비밀스럽고 개인적이며 소중하다는 의미다.

내게도 '베갯머리 서책' 이 있다. 물론《마쿠라노소시》처럼 예스럽고 감각적인 흥취를 불러일으키는 모양새는 아니다. 까맣고 납작한 나의 '베갯머리 서책' 은 다름 아닌 이북 리더기. 알람 소리를 듣고 일어나자마자 집어 드는 아이폰도 늘 나와 함께 하지만, 이불에서까지 나와 함께하는 존재는 오직 하나, 이북 리더기다. 깊은 밤 자기 직전까지 내 사랑을 받는다.

고백컨대 나는 R 전자책 서점의 충성 고객이다. 십여 년 전 처음 등장한 1세대 이북 리더기를 쓰다가 느린 반응 속도와 배터리 방전 현상 등을 견디지 못하고 석 달 만에 종이책으로 돌아갔다. '속은 내가 바보지' 란 탄식은 지극히도 담담했다. 무의식은 알고 있었던 거다, 나는 약간의 불편함도 감당할 수 없는 인간이므로.

처음으로 스마트폰을 손에 쥔 2010년 봄, 나는 '아이폰' 이라는 이름표를 단 놀라운 기계에 마음을 홀딱 빼앗겼다. 손바닥 안에 너무나 넓은 세계가 있었다. 윌리엄 블레이크의 시 "그대의 손바닥에 무한을 쥐고, 찰나의 시간 속에서 영원을 보라."가 바로 여기에서 구현되었다. 한동안 이런 저런 앱을 다운

로드하고 써 보고 또 새로운 서비스를 경험하느라 푼돈을 꽤나 썼다. 그러다 만난 파란 전자책 서점 배너를 클릭하다가 나의 개미지옥은 시작되었다. 전자책 앱이 결코 튕기지 않았다. 페이지가 부드럽게 넘어갔다. 인쇄물보다 이미지가 선명했다. 이미 종이책으로 구입한 책도 전자책으로 마구 사들였다. 언제 어디서나 다운로드해 읽을 수 있었고, 언제 어디서나 책을 살 수 있었다. 서점까지 갈 필요도, 배송을 기다릴 필요도 없었다. 나의 이름 앞에 명예로운 호칭이 붙었다. '단골 손님' 이라는.

만원 전철 퇴근길, 기적처럼 난 좌석에서 아이패드로 이북을 읽던 나에게 어떤 남자가 말을 걸었다.

"이봐요." 검지손가락으로 아이패드를 톡톡 쳤다.

"그걸로 책 보면 눈 나빠져요." 뭐라 쏘아붙이고 싶었지만 참았다. 남자는 계속 맨스플레인을 이어갔다.

"아가씨는 잘 모르겠지만."

"제가 엘지 디스플레이에서 연구원으로 일해서 아는데."

"이런 태블릿 액정에서는 미세한 흔들림이 계속 있어요. 그래서 눈이 빨리 피로해지고 안구 건조증이 생기는 거라고요."

얄팍한 인내심에 한계가 왔다, 도망쳐야 했다. 다음 역에 도착하고 문이 열리는 순간 나는 사람들 사이를 불도저처럼 뚫고 나갔다. 따라 나올까봐 겁도 났다. 이런, 나는 보물 같은 좌석을 포기해 버린 것이다. 그러나 이제는 절대 이런 사건이 벌어질 수 없다. 어떻게 확신하는가, 바로 종이 질감을 완벽하게 구현한 최고 성능의 이북 리더기를 샀기 때문이다.

아이패드로 시작한 이북 입문자는 새로이 출시된 e-ink 이북 리더기를 구입하면서 프로로 승격되었다. 내 작은 손에 간신히 잡히는 납작한 기계 안에 글자가 선명하게 떴다. 눈이 부시지 않았다. 피곤하지 않았다. 아무것도 안 쥔 듯 가볍기 그지없다. 가방 속에 늘 있던 두세 권의 책이 사라졌다. 아무리 어두운 직행 좌석 버스 안에서도 액정에 불을 켜 책을 읽을 수 있다. 책을 더 많이 사들이기 시작했다. 이미 2000권이 넘었다. 읽기 설정을 바꿀 수도 있다. 글씨 크기뿐 아니라 글자체, 행간, 자간, 화면 반전, 화면 밝기 및 온도 조절까지. 나는 새 이북 리더기를 '애정뿜뿜' 사랑한다.

이북 리더기의 아이디어를 전한 그림 두 점을 소개한다. 바로크 시대 촛불의 화가, 조르주 드 라 투르(Georges de La Tour, 1593~1652)의 「책을 읽고

조르주 드 라 투르 화실의 에티엔 드 라 투르, 「책을 읽고 있는 성 예로니모」, 캔버스에 유채, 94.8×73cm, 1650?, 루브르 미술관 로렌 박물관.

있는 성 예로니모」와 「편지를 읽고 있는 성 예로니모」다. 로렌 미술관이 소장한 전자는 드 라 투르의 진품이 아니라 드 라 투르 화실의 누군가가 그의 화풍을 따라 그린 것이라고 한다. 드 라 투르의 서명이 확실하지 않아서 그리 판단한다는데, 아무리 들여다봐도 이건 드 라 투르의 촛불과 색감이다. 스승의 그림 스타일로 그렸다면 대단한 제자다.

유난히 조르주 드 라 투르는 로마 가톨릭 교회 신학자이자 4대 교부 중 하나인 성 예로니모를 주제로 여러 점의 그림을 그렸다. 가톨릭에서 예로니모는 학자, 사서, 서적상의 수호 성자로 책, 두루마리, 문서 등을 상징물로 지닌다. 드 라 투르 외에도 뒤러, 루벤스 등 서양의 화가들은 그를 주로 읽고 쓰는 모습으로 표현한다. 여기서도 마찬가지, 「책을 읽고 있는 성 예로니모」는 어두운 방에서 책을 읽으려고 촛불을 밝히고 있고, 「편지를 읽고 있는 성 예로니모」는 작은 글씨를 보려고 돋보기를 들여다보고 있다. 읽고 싶지만 방이 어두워서, 글씨가 작아서 안타까운 성 예로니모에게 나의 훌륭한 이북 리더기를 선물하고 싶다.

자기 직전에 나는 대개 책을 본다. 나에게는 촛불이 필요 없다. 불을 끄고 이불 속으로 들어가 이북 리더기 라이트를 켜고 밝기와 색 온도를 조절한다.

조르주 드 라 투르, 「편지를 읽는 성 예로니모」, 캔버스에 유채, 1627~1629, 프라도 미술관.

따뜻한 색 온도를 설정하면 눈이 하나도 부시지 않고 편안하다. 종이 책 위에 작은 집게 라이트를 꽂는 것보다 훨씬 낫다. 손가락 하나로 딸깍딸깍 페이지를 넘긴다. 글자가 좀 작은 듯하면 '보기 설정' 에서 글자 크기를 키우면 된다. 드 라 투르가 그린 성 예로니모가 안타까울 뿐이다. 흰머리가 덥수룩한 그는 눈을 가늘게 뜨고 있지 않은가, 눈썹을 치켜떠 이마에 주름이 지지 않았는가. 이제 보니 아이고, 예로니모는 젊은 날에 어두운 방에서 촛불을 켜고 책을 읽고 또 읽다가 눈이 나빠진 거다. 나이가 드니 노안도 왔는데 최고급 돋보기안경을 써도 초점이 안 맞아 이렇게 저렇게 초점 거리를 맞춰보고 있는 거다. 예로니모도 최고급 이북 리더기를 썼어야 했다.

물론 전자책이 아무리 잘 읽혀도 종이책에 비할 바는 아니다. 책은 오감으로 읽고, 오장육부로 읽는 거라 그렇다. 전자책은 시각으로밖에 읽을 수 없으니 확실히 감각이 무디다. 전자책에 밑줄 기능이 있다고 하지만 손으로 행간을 따라 긋는 연필 질감을 따라갈 수는 없다. 페이지를 접을 수도 없고 나만의 특별한 낙서를 할 수도 없다. 손끝에 닿는 날카로운 새 책의 종이 질감과 시간이 흘러 낡아가는 부드러운 책 모서리를 감각할 수 없다. 친구에게 감명 깊게 읽은 책을 빌려 줄 수도 없다. (물론 웬만하면 안 빌려주고 사줄 거지만.) 오늘 내 옷 색깔과 어울리는 아름다운 책 표지를 실물로 보여 줄 수 없다. 무엇보다 저자를 만나도 서명을 받을 수 없다. (사실 저자 서명에 목 매는 편은 아니지만.) 제일 곤란한 순간은 충전을 제때 못해 배터리가 나갔을 때다. 책 없는 시간 동안 그 초조함을 어떻게 견뎌야 하냔 말이다. 상상만 해도 끔찍하다.

하지만 확실히 이북 리더기가 엄청나게 발전한 건 맞다. e-ink 이북은 정말 종이에 글을 인쇄한 것 같다. 특히 자연광에서는 더할 나위 없다. 어느 정도냐 하면, 이북을 열심히 읽다가 '이건 꼭 표시해둬야 해' 하며 강조 표시할 포스트잇을 찾고 있는 나를 발견했으니. 포스트잇을 떼어 멀뚱멀뚱 어디에 붙여야 할지 허우적거리다가 정신을 차리고는 얼마나 황당했던지. 이건 진실로 이북 리더기의 승리다.

전자책은 결코 경제적이지 않다. 대개 정가 대비 70퍼센트의 가격대를 유지한다. 솔직히 헌책방이나 중고 서점에 가서 종이책을 사는 게 훨씬 저렴하다. 실물 책처럼 내용을 훑어 보고 구매할 수가 없다. 마음을 혹하게 하는 제목과 아름다운 표지 디자인과 현란한 책 소개에 끌려 미리보기 열 페이지만 보고 이북을 구매했는데, 20페이지 이후로 예상과 다른 알맹이에 실망한 적은 또 얼마나 많았던가. 이 책을 누구 주지도 못하고 내다 팔지도 못하고 '탕진잼'의 기록으로 남겨야만 했던 나의 이북 구매 내역. 게다가 이북 리더기의 매력에 빠지면 새로운 이북 리더기를 또 '트라이' 해보고 싶어 몸살을 앓는다. 기계 값이 어마무시하다. 이북의 할인율을 계산할 필요도 없이 재정 오버다. 전자책이 책값을 아껴 주는 케이스는 없을까? 물론 있다. 전자책의 경우는 중복 구매가 원천 봉쇄된다. 어이없게도 열심히 읽고 덮은 책 중에 우리의 기억 속에서 사라진 책이 있다. 읽고 나서 책장 한구석 어디에 박혀 있는지 몰라서 또 책을 사는 일도 왕왕 있다. '책벌레들의 아이돌' 이동진 평론가조차도 자기가 이 책을 소장하고 있는지 아닌지 몰라서 책을 사고 또 산다지 않는가. 우리는 말할 것도 없다. 전자책 서점에서는 구매한 책을 한 번 더 구매하는 일 자체가 '선물로 보내기' 이외에는 불가능하므로 같은 책을 사고 또 살 일이 없다. 게다가 월 만 원 안팎으로 많은 책을 빌려 읽을 수 있도록 고안된 'M의 서재', 'R셀렉트' 등의 구독 서비스를 이용하면 이건… 금상첨화다.

내가 종이책에서 이북으로 소비를 전환한 이유는 단 하나다. 내 작은 방에 더 이상 책을 둘 데가 없어서다. 있는 책도 내다 버려야 할 참인데 책을 더 살 수가 없다. 전자책 서점에서 열린책들 세계문학

전집을 구매하고 5년 후, 나는 등판이 꺾일세라 소중히 아껴왔던 열린책들 도스토옙스키 전집을 처분했다. 펭귄북스 세계문학전집 이북을 들이고 3년 후, 나는 검정 등판의 펭귄책들을 팔았다. 새 종이책을 사서 들일 자리를 만들기 위해서.

보통 종이책이 먼저 나온 후, 독자의 호응을 봐서 전자책 발행을 결정하는데, 나는 그 간극이 참 불편하다. 마음에 드는 종이책이 새로 나오면 먼저 출판사를 확인한다. 온라인 서점에서 그 출판사가 전자책을 발행한 이력이 있는지 살펴본다. 꾸준히 전자책을 내는 출판사라면 곧 이북이 나올 가능성이 크다. 아니라면 기다릴 필요도 없다. 그냥 종이책을 사야 한다. 전자책을 계속 발행한 출판사라 해도 저자가 외국인이라면 안 나올 가능성이 크다. 한국인 저자여도 전자책을 싫어하는 작가는 절대 이북 발행을 허가해주지 않는다.

여기까지 확인한 후에 할 일이 있다. 보통 책 맨 뒤에 있는 판권, 출판사 전화번호가 대표 번호 외에도 부서별로 적혔다. 이북 전담 부서가 따로 적혀 있지 않다면 편집부에 전화하면 된다. 출판사에 전화해서 "책이 이북으로 나올 계획이 있나요?" 하고 물어본다. 차라리 안 나온다고 시원스레 말해주면 더 좋겠다. "아직은 계획이 없는데요, 앞으로 나올 가능성이 없다고는 말씀 못 드려요." 하면 사람 미치는 거다. 한편 "이 책은 이북 발간할 계획이 없어요." 해서 종이책으로 샀다가 나중에 나온 이북을 확인하고 입술을 삐죽거린 일이 얼마나 여러 번이던가. 부디 종이책 전자책 '동시 발행' 책자가 나날이 늘어나기를.

이북 리더기의 대견함은 겨울에 빛을 발한다. 넉넉한 코트를 골라 입고 큰 호주머니에 손바닥만 한 이북 리더기를 집어넣는다. 찬 손을 넣었다 뺐다 언제든 꺼내서 책을 읽을 수 있다. 예전에는 자그마한 범우사 문고판이나 문학과지성사 시집을 넣고 다녔다. 그러나 문고판은 책의 선택권이 너무 좁다. 이북이 일상화된 요즈음, 나는 가볍고 휴대성이 좋은 이북 리더기의 장점을 온전히 누리고 있다. 아침이면 두 개의 이북 리더기는 의식을 치른다. 손바닥만 한 작은 사이즈를 들고 나갈 것인가 작은 노트만 한 큰 사이즈를 들고 나갈 것인가. 물론 큰 사이즈의 리더기가 읽기 좋지만 손에 들고 다니기에는 불편하다. 편하기를 선택한다면 작은 사이즈의 이북 리더기다.

잘 읽히지 않는 책은 투웨이 플레이다. 이북 리더기와 휴대폰 전자책 앱에 각각 같은 책을 다운로드한다. 휴대폰 앱에서 '낭독' 버튼을 누르면 낭랑한 기계음이 글을 또박또박 읽어준다. 남자와 여자 목소리를 선택할 수 있고, 속도도 조절할 수 있다. 주머니 속 휴대폰에 이어폰을 연결해 귀에 꽂고, 손에는 이북 리더기를 든다. 낭독에 맞추어 책장을 넘기면 이건 완전 책 맞춤형 서비스다. 세상에 이런 호사가 따로 없다. 덕분에 강의를 신청해 둔 《차라투스트라는 이렇게 말했다》를 양방향으로 읽었다.

꾸준히 책을 읽어왔지만 이렇게 책의 속성이 완전 뒤바뀌는 날이 오리라곤 상상도 못했다. 앞으로 이북 리더기는 더 발전하지 않을까. 무엇보다 이 기계는 휴대폰 환경과 비슷하다. 휴대폰으로 뉴스 기사를 읽고 SNS를 하고 웹소설을 읽는 세대에게 무거운 양장본 종이책을 권하는 건 무리다. 이런 이야기를 하는 건 나 자신이 이미 구세대라는 걸 인정하는 것. 좀 씁쓸하지만 종이책의 아름다움을 그들에게 말하는 건 강요 혹은 꼰대질이 될 확률이 높다. 심지어 이북에서 종이책 독서 환경을 완전 구현한 페이지 좌우 넘기기 기술에 찬탄하는 내 SNS 글에 굳이 댓글을 달아, '스크롤링이 아니어서 글이 안 읽힌다'는 주장을 펼친 젊은이를 만난 후에는 현실을 부정하지 않기로 했다. 어쩔 수 없이 나는 올드한 인간이다. 종이책의 갈색 냄새, 촉촉한 질감, 켜켜이 스민 낡은 시간은 무게를 지닌다. 전자책의 담백한 액정, 맞춤형 레이아웃, 가벼운 휴대성은 산뜻함을 지닌다. 그간 묵직한 아름다움을 오래오래 사랑해 왔던 나는 새로이 단순한 아름다움을 만났다.

과학의 영역에서 세상은 시시각각 달라진다. 신기술이 늘어난 덕에 세상 느려 터진 책덕후들도 한껏 혼란스러워하다가 이런 기회에 무임승차한다. 이것도 저것도 다 우리 거다. 내 입장에서는 행복의 영역이 확장된 것. 종이책도 전자책도 내게 각자의 기쁨을 내민다. 둘 중 무엇이 우월하고 우월하지 않겠는가, 책의 이름을 가진 것은 모두 아름답다. 그러니 종이책만 읽어오신 분께는 “웰컴 투 이북 월드”, 이북만 읽어본 분들께는 “웰컴 투 페이퍼북(?) 월드”다. 두 동네 어딜 가도 다 좋아 죽고 못 사는 이 몸의 권면을 한번 믿어보시라.

납작하게 네모진, 반듯하고 단호한 물성

책의 물성(物性) 자체를 나는 사랑한다. 책이 가진 네모진 모양도 묵직함도 너무나 좋다. 이건 내가 고양이를 좋아하는 것과 똑같다. 길고양이 코리안 숏헤어도, 귀한 혈통이라는 페르시안 친칠라도 너무 너무 좋다. 고양이가 그려진 거라면 어떤 굿즈여도 다 좋다. 우리 동네에 카페가 많고도 많지만 꼭 고양이 카페에만 간다. 고양이와 마시는 커피는 그냥 커피가 아니다. 내 영혼을 고양하는 커피이며 고양이 사료에 보탬이 되는 커피다.

지금은 직업이 직업인지라 학생들에게 "애들아 책 좀 읽어라, 제발."을 입에 달고 살지만 기실 나는 책을 읽으란 소리를 들어본 적이 없다. 엄마가 동생들에게 책을 읽으면 뭘 사 준다든가 어딜 데려간다는 공약을 걸고 있었다는 걸 안 순간, 뒤통수를 맞은 느낌이 들었다. 아니, 그동안 난 공짜(?)로 책을 읽어버린 거 아닌가.

아무리 생각해봐도 그렇다. 그냥 책이 좋아서 책을 읽었다. 이 납작하게 네모진 육면체는 언제나 나를 매혹시켰으니까. 잉크가 살짝 번져 마스터 인쇄 티가 풀풀 나는 책은 예스러워서 좋았고, 심플한 디자인은 상상할 수 있는 빈 공간이 있어서 좋았고, 저자 얼굴이 나온 책은 이름말고 얼굴도 알 수 있어서 좋았고, 손가락에 걸리는 띠지를 두른 책은 책갈피로 쓸 수 있어서 좋았다. 곰팡이 냄새가 나는 헐은 책은 시간의 흔적이 남아서 좋았고, 손가락이 베도록 날 선 새 책은 싱싱해서 좋았다. 유행이 바뀌면서 무광 코팅이나 에나멜 코팅이 된 표지는 촉감이 신기해서 나날이 좋았다.

편집자 출신으로 지금은 미술 출판사를 운영하는 정민영 대표는 《편집자를 위한 북디자인》에서 "책은 사람이다"라고 비유한다. 즉, 책은 사람의 심리를 구조화한 매체이며, 책은 심리 게임의 전쟁터라는 거다. 북디자인은 이 책을 받아들여 달라는 편집자와 저자, 그리고 디자이너의 합작체다. 저자의 말을 빌리자면 책은 편지와도 같다. 우리는 편지를 쓸 때 대뜸 본론부터 이야기하지 않는다. 아름다운 봉투로 읽는 이의 호감을 얻고, 편지지를 펼쳐 제일 처음 그의 이름을 부르고, 날씨 이야기를 하면서 주의를 환기하고, 본론을 읽을 마음의 준비가 되었을 때 '다름이 아니오라' 정말 하고 싶은, 꼭 해야만 하는 이야기를 한다. 그러고 난 후 날짜를 쓰고 서명한다. 사람의 마음을 배려하지 않는다면 뭐 하러 책 본문에 표지를 입히고, 본문 앞에 권두를 배치하겠는가. 본문만 덜렁덜렁 내놓는다면 어떤 독자가 책에 호감을 갖고 다가오겠는가.

나는 책이라는 물질을 사랑한다. 손 끝에 책이 닿으면 꼭 저자의 손 끝에 닿는 것처럼 설렌다. 이 종이 뭉치를 통해 저자를 경험한다. 나같이 보이는 것만 믿는 사람 때문에 종교는 세계를 정복하지 못한다. 어루만질 수 있는 '물성'은 손끝에 혀가 달린 듯 달콤하게 스며든다. 물론 새 책의 종이 냄새와 어울리지 않는 화학 코팅제에 위화감을 느끼기도 하고, 날카로운 종이 날에 베어 피를 흘리기도 하지만, 그래도 새 책을 만나는 순간은 너무 좋다. 내 책만 좋은 게 아니다. 남의 손에 들린 책도 좋다. 지하철 건너편에서 독서하는 사람의 책도 좋고, 거리를 스쳐 지나가는 사람 손에 들린 책도 좋다. 광화문 교보문고에서 수많은 인파 가운데 헉헉대가다도 그들이

사 가는 책을 보면 실실 웃음이 난다. 그냥 좋아서, 너무 예뻐서, 아니 너무 잘생겨서.

이때 나는 주세페 아르침볼도(Giuseppe Arcimboldo, 1526~1593)의 「사서(The Librarian)」를 떠올린다. 제목을 몰라도 이 사람이 책의 사람이라는 건 단번에 알 수 있다. 수염이 선연하니 분명 남자다. 나는 이 그림에 나름의 제목을 붙인다. '미스터 북(Mr. Book)'.

프라하 신성로마제국의 궁정 화가로 16세기를 풍미한 아르침볼도는 원래 밀라노 대성당 소속 화가 비아조의 아들이었다. 어린 시절부터 아버지의 도제로 스테인드글래스를 디자인하며 인기를 얻었다. 밀라노 두오모 대성당의 스테인드글래스가 바로 그의 작품이다.

1562년에는 합스부르크 왕가 페르디난도 1세의 궁정 화가가 되었다. 왕을 따라 비엔나와 프라하를 오가며 활동한 아르침볼도는 독특한 인물화풍을 선보이며 전무후무한 초상화가가 되었다.

아르침볼도는 뒤섞인 여러 물체 가운데 독특한 이미지를 끌어내는 게슈탈트(Gestalt) 방법을 고안했다. 멀리서 보면 사람의 형상이지만 가까이 보면 과일과 채소 등의 이미지가 얽히고설켰다. 황제의 초상마저도 그는 '풍요롭게' 그렸다. 통치자를 우스꽝스럽게 만들려고 한 게 아니었다. 온갖 꽃과 풍

주세페 아르침볼도, 「사서」, 캔버스에 유채, 97×71cm, 1566, 스코클로스터 성.

성한 과일은 황제의 훌륭한 통치 덕택이라는 의미였으며, 이 그림을 백성에게 보임으로써 그러한 의미를 확산하려고 했다. 일종의 홍보물 역할이라고나 할까. 그러니 국왕과 고관대작들은 이 희한한 인물화에 웃음지으며 흐뭇해했다고 한다.

고용주가 사망한 후 그의 아들, 막시밀리앙 2세, 또 그의 아들인 루돌프 2세가 즉위해도 그의 위치는 변하지 않았다. 마치 화수분처럼 그림을 그렸다고 한다. 황제가 된 막시밀리앙 2세는 예술을 적극 지원했다. 화가는 건축가, 무대장식가로도 영역을 넓혔다. 그가 하는 일에 황제는 늘 미소를 지었다. 1592년에는 작위를 얻어 백작이 되었다. 그러나 17세기 바로크가 대두되며 그의 그림은 조잡스럽다, 품위 없다는 소리를 들으며 그림 창고에 처박히는 신세가 되었다. 20세기에 이르기까지 아르침볼도의 작품은 빛을 보지 못했다.

마침내 초현실주의가 대두되며 아르침볼도는 재평가되었다. 다다의 선구자 마르셀 뒤샹은 아르침볼도에게 푹 빠져 찬사를 보냈다고 한다. 오스트리아의 나치스트 미술사학자 베노 가이거(Benno Geiger)는 그의 작품을 "16세기 추상 미술의 승리"라고 말했다. 막시밀리앙 2세는 실패한 정치가로 평가된다. 예술 후원에 애썼지만 제국을 다스리는 일은 못했다. 하지만 덕분에 황제 치하에 아름다운 것들이 수없이 늘었다. 책 역시 다양하게 생산되었고, 종류별로 차곡차곡 수집되었으며 도서관이 정비되었다.

막시밀리앙 2세의 궁정 사서였던 볼프강 라지우스(Wolfgang Lazius)가 「사서」의 모델을 섰다. 라지우스의 어깨를 덮은 커튼은 당대 도서관의 상징과도 같았다고 한다. 동물 꼬리 같은 수염은 책에 쌓인 먼지를 터는 청소 도구다. 흰 머리를 하고 덥수룩한 수염에 높은 코, 돋보기안경을 연신 고쳐 쓰는 남자가 책 무더기를 빠져나와 반듯하게 앉았다. 초상화이기도 하며 정물화이기도 한 이 그림은 신비롭다. 물질로서의 책이 인간이 되었다. 내가 책이고 책이 곧 나다. 책과 내가 하나인 것처럼 책을 사랑하는 이에게 책의 물성은 영혼을 자극한다. 책은 그 어떤 물질이어도 온전해야 한다. 완벽한 육체를 가져야 하며, 완벽한 표지를 가져야 한다. 첫눈에 반할 만해야 한다.

내가 제일 용서할 수 없는 건 시간이 지나서 책등의 아교가 떨어지는 책이다. 종잇장이 하나하나 분리되면 책의 수명은 끝이다. 얼마나 열이 받는지 그때마다 꼭 판권 옆의 제작소를 확인한다. 소리 없이 욕을 해주려고 그런다. 요즘은 제작소를 기입하지 않는 책들이 많은데, 그럴 때마다 얼마나 약이 오르는지. 책은 사람 손을 타는 건데 어떻게 이렇게 부실하게 만드냔 말이다. 책등이 확확 부러지면 페이지가 부드럽게 넘어가지도 않는다. 한 번 책등이 갈라지면 곧 두동강 나게 되어 있다. 부상당한 책은 야메로 고칠 방법도 없다. 책 수선하는 전문가도 당연 있지만 내가 알기론 한국에 딱 한 명뿐, 가벼운 수선이 아니라 예술의 영역이라 일반화하기 어렵다. 그러니 아픈 책은 책장에 들어가면 못 나온다. 책은 무조건 가볍고 튼튼하게, 마무리가 깔끔하게 만들어야 한다.

한번 보라, 이 디지털 시대에 책이 제 아름다움을 빛내는 방법을. 아름다운 양장본 '한정판' 책들은 독자에게 또 다른 특별함으로 다가간다. 곧 매진된다. SNS를 보라, 트위터나 페이스북은 좀 덜하지만 인스타그램은 '북스타그램' 이란 태그가 생길 정도로 책을 과시하는 게시물들이 얼마나 많은데! 책 일부를 찍거나 손글씨로 쓰거나 이미지로 만든 게시물들이 '좋아요' 의 홍수를 누린다. 삼성역 코엑스 별마당 도서관, 이태원 블루스퀘어 북파크도 인스타그래머들이 책을 누리는 장소로 인기지만, 선릉역 최인아책방의 한 층을 온전히 빌리는 '혼자의 서재' 는 인기 중의 인기다. 시간당 1만 4000원으로 고풍스러운 흰 가구와 푹신한 소파가 있는 서재에서 책방주가 선정한 700여 종의 책을 혼자 조용히 읽을 수 있다. 어디 여기뿐인가, 후암동의 '후암서재' 역시 작고 포근한 마호가니 서재를 8시간 동안 1만 5000원에 차지할 수 있다. 여기서 사진을 찍어 인스타그램에 올리면 그건… 미남 책들에 둘러싸인 궁전에서의 호강이랄까.

하지만 누가 뭐래도 책은 책이다. 이북과 오디오북이 아무리 제 세를 확장하고 종이책의 자리를 위협해도 몸이 아름다운 책이라면 크게 두려워할 필요가 없다. 폴 발레리는 "인간에게 가장 깊은 곳은 피부다."라고 했다. 스킨십은 본능이다. 실제 손으로 만질 수 있고, 책장을 하나하나 넘기면서 손 끝에 달리 와닿는 촉감은 중요하다. 사람들이 아이폰과 아이패드를 사랑하는 이유는 '터치어블'이라고 한다. 포토샵 뽀얀 환영이 아니라 손에 까슬하니 닿는 부드럽고 단단한 몸집은 절대적이랄까. 내가 첫눈에 반해, 반듯하고 단호한 물성과 사랑에 빠져, 매일 끌어안고 스르륵 잠에 드는 그 책처럼, 바로 내 옆에 선 따뜻하고 든든한 사람처럼. 그러하니.

오직 잘생긴 책만이 살아남는다.

2

책 같은 내 인생

헌 책을 뒤지는 여인

커피 브라운의 먼지 냄새가 난다. 안다, 안다, 나는 안다, 이것은 분명 책 냄새다. 직감한다, 이 골목을 꺾으면 겹겹이 책이 쌓인 헌책방이 있을 거라는 걸. 집들이하는 친구의 신혼집을 찾아가던 날, 골목길 복잡한 남현동의 모처에서 나는 맡아버렸다. 폐부에서 반응하는 바로 그 퀴퀴한 냄새를. 그러니 들어가야 한다. '그분' 이 나를 부르신다.

나에게는 악취미가 있다. 거의 폐물에 가까운 오래된 책을 버리지 못하고 끌고 다니는 것. 다 낡은 종이 냄새인지 곰팡이 냄새인지 알 수 없는 향을 풍기는 책은 어느덧 누렇게 뜨고 습기가 차 쭈글쭈글해졌다. 맘먹기 전에는 선뜻 열어 보기도 힘든 상태지만 그렇다고 여간해서는 못 버린다. 겉보기에는 폐기물 같아도 이게 얼마나 귀한 건데. 종이 떡이 되더라도 이게 얼마나 소중한데.

흙빛이 되어버린 내지와 달리 하드커버는 멀쩡한 에이브(ABE), 나는 한때 여든여덟 권의 에이브가 나의 '졸개'라고 여기며 외로움을 달래던 친구 없는 초등학생 소녀였다. 허름한 인쇄의 동광출판사 파름문고, 중학생이 되어도 여전히 친구 없던 나는 순정 만화를 글로 바꿔낸 픽션 소녀 소설로 한 시절을 버텼다. 삽화처럼 붙어 있는 만화 조각을 따라 그리며 순정 만화가의 꿈을 꾸기도 했고, 내 나름의 스토리를 구상하기도 했다. 이제는 거짓말 같은 삼중당문고, 무학여중 정문 앞 문방구에서 발견한 나의 첫 문고본은 무려《인간적인, 너무나 인간적인》. 그것도 전통과 역사를 자랑하는 삼중당 소속이라니 이보다 더 예스러울 수 없다. 뭘 알고 니체를 골랐던 게 아니라 그저 어른인 척하고 싶어서 '저런' 제목을 골랐다는 걸 나는 부인할 생각이 없다.

안다, 내가 낡아가는 것처럼 종이도 낡아간다는 걸. 그의 수명도 다해 가고 더는 오래 데리고 다닐 수 없다는 걸. 이제는 이별해야 할 때가 시시각각 다가온다는 걸. 다행히 같은 책이 전자책으로 발간되면 마음 편히 안녕할 수 있지만, 재발간이 안 되는 책들은 그러기 어려울 거다. 스캔해서 PDF로 만드는 방법도 있지만 그러려면 책의 중철 부위를 절단해야 한다. 우리의 미래는 대개 가슴 찢어지는 이별로 끝맺을 거라 예감한다.

어두컴컴한 지하, 헌책방의 빽빽한 책장 사이를 조심스레 걷는다. 검은 표지의 책 한 권을 골라 체크카드를 내밀고 8000원을 결제한다. 헌책방에서는 꼬깃꼬깃 접었다 편 현금을 내미는 게 어울릴 것 같지만 나의 라이프 스타일은 더 이상 예스럽지 않다.

집으로 돌아와 펠릭스 발로통(Felix Vallotton, 1865~1925)의 그림 「벽장을 뒤지는 여인」을 발견한 순간, 퀴퀴한 책 냄새가 느껴진다. 눈앞에 아련하다, 커피색 먼지 가득한 헌책방의 지하, 그리고 램프를 들고 어두컴컴한 공간에서 책을 뒤지고 있는 한 여자가. 언제나처럼 바닥에 주저앉아 책을 뒤적이는 털털한 내 모습이.

흑백 영화처럼 극적인 조명을 두고 한 여자가 벽장 앞에 앉았다. 무릎 하나를 세우고 책을 뒤적거린다. 각양 크기의 책들과 다종의 책이 선반마다 쌓였다. 무게를 감당하지 못해 휘어버린 책장이 딱 보기에도 익숙하다. 맨 위 칸에는 신문도 쌓여 있다. 분명 특별한 기사를 실은 신문 스크랩이다. 책 앞에 기꺼이 무릎을 꿇는 책 종교 신자라면 누구든지 안다.

책이 얼마나 무거운 물체인지, 책이 얼마나 먼지 나는 생물인지, 책이 작은 습기에 얼마나 크게 반응하는 민감한 재질인지. 의심의 여지가 없다. 펠릭스 발로통의 여자는 나와 같은 여자다. 책에 집착하는 여자다.

이승희 시인의 제목이 긴 시를 사랑한다, 「아무도 듣지 않고 보지 않아도 혼자 말하고 빛을 뿜어내는 텔레비전 한 대가 있는 헌책방」. 이승희는 헌책방을 사랑하는 사람이다, 어떤 저녁 불빛이 스미는 허름한 헌책방에 말없던 남자와 고요한 의자 하나가 가진 슬픔을 읽는 사람이다, 그들을 따스하게 감싸 안을 줄 아는, 마음이 따뜻한 시인이 사랑을 못이겨 쓴다. 담담하게 그리움을 말한다. 사랑했던 시간을 말한다. 시의 소재가 되지 않은 사물은 못내 슬프리라, 아프도록 사랑받은 경험이 없을 것이므로. 내게 이 시가 중요한 이유는 시인의 마음과 나의 마음이 공명(共鳴)했기 때문이다. 그 역시 나와 똑같이 옛된 것을 사랑하는 품성이 있을 것이다.

일본 드라마 「1리터의 눈물(1リットルの涙)」에서는 유행이 지난 MD(Mini Disk)를 사용하는 소년이 등장한다. 한물간 MD에 한 곡 한 곡 녹음해 음악을 듣는 아소 하루토에게 같은 반 여학생이 묻는다.

펠릭스 발로통, 〈벽장을 뒤지는 여인〉, 캔버스에 유채, 78X40cm, 1901, 개인 소장.

"아소군은 MD를 쓰네, 나는 Mp3 플레이어 샀는데."

신기하다고 묻는 급우에게 소년은 싱긋 웃으며 대답한다.

"저는 물건도 사람도 오래오래 소중히 여기는 남자랍니다."

나는 이 대사를 오래오래 간직해 왔다. 나 역시 물건도 사람도 오래오래 소중히 여기는 사람이므로. 한 번 마음을 준 사람처럼, 한 번 애정했던 물건을 여간해서 버리지 못하는 사람이므로. 나는 어떻게 해도 '버릴수록 행복해지는' 미니멀리스트는 될 수 없을 거다. 당연하게도 제일 마지막까지 '버릴 수 없는' 마음은 책에 고인다. 그렇게 낡은 책이 늘어간다.

낡은 냄새를 좋아하는 사람이 나말고도 있다는 걸 알 때 기쁘다. 처음으로는《전작주의자(全作主義者)의 꿈》의 저자 조희봉 씨, 다음으로는《이상한 나라의 헌책방》의 저자이며 동명의 헌책방을 운영하는 윤성근 씨. 대학 졸업을 얼마 앞둔 차가운 겨울, 신문에 등장한 헌책 사랑의 주인공 조희봉 씨 뒤로 허름한 널빤지 책장이 보였다. 합판을 괴느라 쌓아둔 벽돌이 인상적이었다. 틈만 나면 널빤지를 자르고 가로 세로로 못질 해 책 보금자리를 만들던 아버지와 나의 '작품'과 너무나 닮았기 때문이었다. 조희봉은 '숨어 있는 책'이라는 프리챌 헌책 찾기 동호회를 운영한 적이 있다고 한다. 틈만 나면 번개로 모여서 헌책방을 다녔다니 너무 귀엽다. 그즈음은 아직 청계천 헌책방이 살아 있을 때가 아닌가.

나는 다닥다닥 붙어 있는 헌책방의 지긋한 어르신들에게 주눅들어 그 헌책방의 '장르'와 '주력 상품'을 확인하고 찾고 싶은 책을 물어보는 것에 만족하곤 했다. 들어가보겠다는 말은 꺼내 보지도 못하고, 기웃거리는 것이 내가 할 수 있는 최선이었다.

2019년, 서울시는 청계천 거리 정신을 복원한 대형 헌책방을 열었다. '서울책보고'는 서울 전역에 있는 헌책방과 연계하여 책을 모으고 판매하는 곳이라고. 큰 창고를 개조하여 만든 터라 공간에 여유가 있고, 특별히 아주 오래된 절판본들을 찾는 즐거움이 있다. '책벌레'를 모티브로 디자인했다는 터널 모양도 깔끔하다. 책이 작은 헌책방별로 모여 있어 바라는 책을 빨리 찾기에는 어렵지만, 역으로 느긋한 시간을 보내며 숨어 있는 보물을 찾는 즐거움이 있다. 귀여운 책등을 꼭 잡고 끌어내 속살을 펼쳐보면, 때때로 드러나는 원주인의 낙서, 필기, 아주 가끔씩 나오는 도서관 도장 흔적 혹은 대출 전표. 이 대출 전표에 쓰인 수많은 사람들의 이름, 그리고 각색의 필체는 얼마나 애틋한지. 그 사람의 개성을 보여주는 책갈피 도구는 어떻고, 영수증이나 엽서나 누군가와 주고받은 쪽지, 잘 말린 꽃잎 같은 것. 아 참, 아주 오래전 '존재했던' 지금은 사라진 책방의 이름과 전화번호가 허름하게 인쇄된 책갈피 사은품은 눈물까지 동반한다. (크로니클 북스나 녹녹(Knock Knock), 뉴욕 공립 도서관 등에는 대출 카드를 사용한 고풍스러운 굿즈가 있다던데 참으로 궁금하다.)

조희봉이 말하는 헌책방의 법칙은 내게도 정확히 적용된다. "열심히 찾을 때는 안 보이던 책도, 찾아낸 뒤에는 차일 듯 많다." "망설이다 안 산 책은 마음먹고 찾아가면 없다." 무엇이든. 그래도 가끔은 기적이 일어난다. 지금도 책벌레들 사이에서는 과거 소중했던 전집을 추억하는 이야기가 나온다. 이제는 구하고 싶어도 구할 수가 없는. 내가 하루 종일 책만 읽어도 혼나지 않았던 80년대는 '해적판' 전집의 시대였다. 저작권법을 해결하지 않고 외국의 양서를 가져와 책으로 만드는 일이 비일비재했다. 시대적 혜택을 우리 70~80년대생들은 양껏 누린 것이다. 학교 도서관에도 그러한 '좋은 책(?)' 이 가득했다. 우리 집에도 친구네 집에도 그러한 전집이 있었다. 그리고 우리에게 닥친 건…, 나뿐 아니라 대한민국의 여러 가정의 책벌레들이 그랬다. IMF의 직격탄을 맞고 또 맞아, 어려운 시기를 거쳐 여러 번의 이사를 하면서 소중히 여겼던 책이 뭉텅뭉텅 사라졌다. 에이브도 메르헨도 위인 전집도 차일드 크라프트도…. 기쁨으로 읽었던 책의 제목도 내용도 희미해져 갔다. 이제는 사려 해도 살 수가 없다. 취업을 하고 자리를 잡고 나서도 마음 한편은 늘 허전했다. 우연이 허락해준다면 그 책들을 만나고 싶었다. 다리품을 팔고 팔아, 클릭품을 팔고 팔아 헌책방을 뒤지고 뒤져, 에이브 88권을 거금을 내고 구매한 날, 얼룩지고 먼지 낀 88권을 하나하나 닦아 튼튼한 책장에 꽂던 날, 나는 소리 없이 울었다. "나의 사랑하는 책 비록 해어졌으나" 그토록 오래 사랑하던 책을 다시 만날 수 있었다는 게 너무 감격스러워서. 적어도 내게 이 헌책은 그냥 '희귀템', 혹은 그냥 낡고 무거운 종이 뭉치가 아니었다. 아무리 좋아하는 책이어도 고이 간직할 힘이 없었던 약한 시절을 지나 간신히 정말 간신히, 내가 내 몫을 하는 어른이 되어, 금전적인 여유가 생겨, 내 마음의 성을 쌓을 수 있고 지킬 수 있는 능력을 얻었다는 증거였다. 내 마음의 허무가 한자락이라도 회복된 건 단언컨대 헌책방 덕이다. 누렇게 뜬 에이브가 꽂힌 책장 옆에 앉아 멍하니 있으면 마음이 따뜻해진다. 세상에 보낸 마음이 응답된 것 같아서. 앞으로도 한둘은 더 그럴 수 있을 것 같아서…. 비록 어려울지라도. 헌책방은 가끔, 책벌레들에게 기적을 만들어준다.

아참, 여러 저자의 '헌책' 에 대한 시선 중에서 정말로 공통된 게 하나 있다. "아아, 내 책이 헌책방에서 발견되는 걸 보니 마음이 너무 아파." 나는 이 말을 2016년 모 분야 베스트셀러 작가에게서 들었다. 하물며 나 같은 무명 저자야 말할 것도 없지 않은가. 헌책방에서 내 책을 발견하는 기분이란…. 솔직히, 정말 맘 아프더라. 게다가 그 책 너무 깨끗했다. 설마 몇 장 들춰보다가 내용이 안 끌려서 그냥 팔아버리신 건 아니겠지. 사실 슬퍼할 일은 아니다. 헌책방에는 가름끈 한 번 펴 본 흔적 없이 탄생의 흔적 그대로 냉동되어 버린 책들도 많으니. 구원의 손길로 자신을 깨워 줄 주인님을 기다리면서….

내 마음에는 거대한 서재가 있다, 현실에는 보여줄 수 없는 커다란 책장이. 굳이 눈에 보이는 무엇에 비유하자면 그건 헌책방의 세계다. 호르헤 루이스 보르헤스는 "천국이 있다면 도서관처럼 생겼을 것이다."라 말했다지만, 나는 "내게 천국이 있다면 헌책방처럼 생겼을 것"이라 대답하고 싶다. 거참 악취미다. 새 책방도 아니고 헌책방이라니, 펠릭스 발로통의 여자도 그다지 평범해 보이지 않는다. 깊은 밤에 잠이 덜 깬 누군가가 보면 놀라 자빠질 모양새다. 물론 내가 할 말은 아니다. 저 기묘한 그림처럼 틈만 나면 헌책이 든 벽장을 열어젖히는, 퀴퀴한 먼지 냄새와 커피색 책더미에서 낄낄거리는 이상한 여자가 여기 하나 더 있다.

순정 만화가 터 준 물꼬

열두 살의 봄 TV에는 이전에 보지 못했던 광고가 나타났다, 대원동화의 《베르사유의 장미》 시리즈. 어서 비디오 가게로 달려가 빌려 보라는 광고에 이전 같았으면 반응하지 않았겠지만, 나는 화려하기 그지없는 공주풍 작화를 두 눈으로 똑똑히 보고 말았다. 못 볼 걸 보고 만 사람의 절규, "안 본 눈 사요"라는 말처럼. '좋은 걸 본 눈'의 임팩트도 컸다. 일단 아름다운 것을 본 사람은 이전으로 돌아갈 수 없다. 《맹꽁이 서당》이나 《꺼벙이》 같은 명랑체 만화만 알던 내게, 《베르사유의 장미》는 충격적인 순정 만화였고, 만화로 표현할 수 있는 극한의 이미지를 알려준 걸작이었다. 이제 나는 《베르사유의 장미》로 업그레이드된 눈의 인간이 되어 버렸다. 단언컨대 '그 만화'는 내게 결정적 순간이었다.

일본 문화가 정식 수입되기 전까지 만화가 이케다 리요코(池田理代子)는 오랫동안 비밀의 인물이었다. 일본에서는 소녀 만화의 거장이었지만 우리나라에서는 속칭 '해적판' 만화의 그늘에서 알려지지 않았던 거다. 1972년부터 1973년까지 이케다 리요코가 주간 〈마가레트〉에 연재한 《베르사유의 장미(ベルサイユのばら, 보통 '베르바라'라 부른다.)》는 발간 즉시 인기를 누렸다. 단행본 '마가레트 코믹스'로 묶은 책들은 1200만 부가 팔렸다. 일본에서는 파리와 베르사유 궁을 투어하는 프랑스 여행이 대거 유행했고, 대학에서는 불어과의 커트라인이 높아졌으며, 여성 뮤지컬 극단 다카라즈카는 재빨리 이 매력적인 이야기를 극화하여 무대에 올렸다. 당시 미·유럽에서의 반응이 얼마나 폭발적이었는지 1978년에는 프랑스 배우를 주인공으로 '레이디 오스칼'이라는 영화가 제작될 정도였다. 한국에서는 정영숙 만화가가 베껴 그린 《베르사유의 장미》가 등장했다. 그것도 메이저 잡지 〈소년중앙〉의 별책 부록으로.

이런 대단한 내용까지는 몰랐던 시절, "원작 만화가 정식으로 번역되어 나왔다"는 그럴싸한 광고

한 줄에 나는 책을 구하러 나섰다. 권당 2000원, 못 살 가격은 아니었지만 만화책은 한 권이 아니라 아홉 권이었다. 주급으로 천 원을 받던 초등학생 처지에 1만 8000원은 에베레스트 같은 가격이었다. 없는 잔머리를 굴려 같은 학교에 다니던 친구 몇몇을 꼬셨다. 내가 1권부터 3권을 사고, M은 4권부터 6권을, H는 7권, 8권, 9권을 사기로 했다. 6000원을 투자해서 아홉 권을 다 읽을 수 있다니 이보다 경제적일 수 없었다! 나중에야 알았지만 내가 쓴 방법은 '계' 라는 한국인의 전통 서로 돕기였다. 역시 인간의 잔머리는 근원적 본능이다.

우여곡절 끝에 손에 쥔 《베르사유의 장미》 아홉 권을 나는 닳고 닳도록 읽었다. 딸만 있는 집안에서 장군의 후계자로 살아야 했던 '오스칼 님' 에 반해서였다. 문무를 겸비하고 재색을 갖춘 그녀는 내가 모델링한 최초의 캐릭터다. 왜 그렇게 남자 차림을 한 여자가 좋았을까? 다른 이성의 냄새를 지닌 동성에게 매력을 느끼는 건 인간의 본능이라고 한다. 금단의 사랑을 하는 것 같은 '느낌적 느낌' 을 발산하기 때문이라고. 그런데 나는 남자만 왕이 될 수 있는 실버랜드에서 공주로 태어나 왕자인 척 살아온 《사파이어 왕자(リボンの騎士)》도 일찍이 좋아하지 않았던가. 나는 세상이 정해준 성별의 틀이 본성으로

싫었던 모양이었다. 30년 전만 해도 공공연한 여자의 미덕은 남자를 뒷받침하는 일이었다. 나 역시 장녀의 신분으로 '첫째 딸은 살림 밑천' 이란 말을 수없이 듣고 자랐다. 집안에서 부모님이 차별을 하지 않아도 집 밖에서 들려오는 소리까지 막을 순 없었다. "수정이는 (욕심이 많고 진취적이니까) 남자로 태어났어야 하는데." 하는 소리를 툭하면 들으며 컸다. 싹싹하다며 귀에 딱지가 앉게 들어온 "부잣집 맏며느리 감이네!" 소리는 한 번도 칭찬으로 들린 적이 없었다. 어릴 때부터 여자니까 늘 몸가짐을 조심해야 한다고 했다. 어두컴컴해지면 위험하니까 밖에 나가면 안 되고, 위험하니까 친구 집에서 자고 오면 안 되었다. 여자니까 쉬워 보이면 나쁜 평가를 받지만, 그렇다고 너무 세게 보이면 부담스러워 보인다고 했다. 내가 선택한 게 아닌데 여자로 태어나서 불편하고 여자로 태어나서 답답했다. 그런 실존적 불만이 싹트기 시작한 열두 살의 내가, 남자 차림을 했을지언정 남자들처럼 자유롭게 달리고 나서고 읽고 말할 수 있는 '오스칼 님' 에게 열광하는 것은 당연했다.

이케다 리요코가 내게 준 충격과 영향은 이루 말할 수가 없다. 각각 프랑스 혁명과 러시아 혁명을 무대로 남장 여자 오스칼과 유리우스를 주인공으로

세운 두 개의 장편 《베르사유의 장미》와 《올훼스(그리스 신화의 '오르페우스'를 일본어 가나로 쓰고 읽은 것)의 창》은 내 삶의 기념비적인 존재다. '마음씨 곱고, 교양도 있고, 자기의 사상을 위해서는 목숨까지 거는 그런 사람' (오스칼)이 되고 싶었고, '불멸의 연인' (유리우스와 알렉세이)이 분명 존재한다고 믿게 되었다. 삶은 전쟁터다. 살아남기 위해 선한 가면을 벗어던지고 아귀처럼 다툰다. 그 가운데서 인간성을 지키려 분투하는 인물은 귀하다. 사회적 약자인 여자와 어린이는 자칫 소외되기 쉽다. "언제나 우는 건 여자"라는 말 뒤편에는 약함과 강함이 양립한다. 비극은 도처에 있다. 사랑도 도처에 있다. 시궁창에서도 사랑은 피어난다. 만화를 읽는 내내 나의 머리는 생각으로 꽉 차고 나의 삶은 취향으로 꽉 찼다. 주인공이 입술에 물던 장미와 라일락(《오르페우스의 창》이 정식 발간된 후에는 '라일락'이 아니라 '미모사'임이 밝혀졌다.)을 애정하게 되었고, '초딩' 주제에 대치동 구석 허름한 '올훼스의 창' 다방에 가보고 싶어 몸살을 앓았다. 이 만화 주인공들이 듣는 모차르트를 귀 기울여 듣기 시작했고, 그들이 연주하는 바이올린을 열심히 연습하기 시작했다. 악보를 바라보며 한참 연습하다가 '주먹 쥐고 손을 펴고'의 작곡자가 J. J. 루소인 것을 보고는 만화에서 언급된 《사회 계약론》을 떠올렸다. 베토벤 피아노 협주곡 5번 '황제'를 백 번은 들었다. 그들이 읽는 볼테르를, 니체의 차라투스트라를 읽었다. 나중에는 두툼한 장 자크 루소의 《신엘로이즈》 두 권을 사와서 꾸역꾸역 읽었다. 소유만으로도 충분히 배부른 독서는 '실패한 독서'가 아니라는 걸 실감했다. 마르크스의 《자본》은 읽지 못했지만 범우사 문고판 《공산당 선언》과 《원숭이도 이해하는 자본론》을 성실하게 읽었다. 이 놀라운 만화들로 아라베스크가 어떤 문양이고, 스트라디바리우스가 무슨 악기인지, 또 파시스트가, 자본가가 무엇인지 처음 알게 되었다. 그리고 무엇보다 인간을, 사상을, 역사를 존중하게 되었다.

《베르사유의 장미》와 《올훼스의 창》 팬들에게 오랫동안 '마리 스테판드바이트'는 의문의 인물이었다. 정식으로 출판되기 전, 혹은 정식 루트를 통하지 않고 번역한 일명 '해적판' 책마다 '마리 스테판드바이트'가 베르바라와 올훼스의 '원작자'라고 되어 있었으니까.

마리 스테판드바이트는 1898년 출생, 1957년 사망. 네덜란드인 아버지와 프랑스인 어머니 사이에서 태어났습니다. 1917년 명문 파리고등사범학교를 졸업했지만 이미 재학 시절부터 잡지에 응모하여 소설가로서의 재능을 인정받았던 그녀는 교사가 되지 않고 소설을 쓰기로 했습니다. 마리는 주로 단편 소설을 썼는데, 이 《베르사유의 장미》는 그녀가 남긴 단 2편의 장편 중 하나입니다. 이 소설은 제2차 세계대전 전인 1935년부터 쓰기 시작해서 전쟁 후인 1951년에 완성되었다고 하니 가히 그녀의 대표작이라 할 만합니다.

이 희한한 저자 소개는 동광문화사의 《베르사유의 장미》 파름문고 판에서 옮겨 적은 것인데, 파름문고는 다양한 소녀 만화의 원작을 한국에 본격 소개하는 문고판 시리즈다. 《롯테 롯테》, 《유리 가면》, 《유리의 성》, 《안젤리크》, 《나일강의 소녀》, 《내 사랑 마리벨》, 《캔디 캔디》 같은. 주로 일본 순정 만화 원작을 글로 풀어 만든 그 책들을 나는 보물처럼 소중히 여겼다. 다른 건 기억 안 나지만, 《유리 가면》의 작가가 '미우치 스즈에'가 아니라 '넬 베르디'였던 건 기억이 난다. 진짜 허망하게 웃긴 시절이었다. 꼭 저런 뻥을 쳐가면서 유령 작가를 앞에 내세워야 했나. 일본 작가가 그린 일본 만화가 뭐 그렇게 큰 해악이라고….

이쯤에서 눈치챈 분도 계시겠지만 '마리 스테판 드바이트'는 '슈테판 츠바이크'에서 따온 이름이다. 이케다 리요코가 츠바이크의 전기를 읽고《베르사유의 장미》를 구상했다는 건 연재 때부터 잘 알려진 이야기다. 물론 나는 이런 사연을 모르고도 슈테판 츠바이크(Stefan Zweig, 1881~1942)를 찾았다. 서점을 돌다가 눈에 띈《마리 앙투아네트 베르사유의 장미》라는 책 때문에. 보통의 독서가라면 츠바이크를 소설《체스 이야기》나《낯선 여인의 편지》, 혹은 도스토예프스키나 니체 평전 등으로 먼저 만나겠지만, 나의 첫 츠바이크는 마리 앙투아네트 전기였다. 편견 없는 나이의 잠재력은 대단하다. 두 권짜리 두꺼운 전기를 잠도 안 자고 읽어내려갔다. 난이도나 분량을 고민하지 않고 읽어내려간 어린 에너지는 그 책에도 어김없이 스며들었다. '초딩' 이 읽는 슈테판 츠바이크라니!

나중에야 알았다, 입체적 인물로 표현한 츠바이크의 마리 앙투아네트 해석은 당시에 일반적이지 않았던 것을. 이전까지 루이16세의 왕비는 예쁜 얼굴에 기대어 철이 없고 사치를 일삼아 나라 재정을 파산에 이르게 했다는 '방탕녀' 이미지밖에 없었다는 걸. 츠바이크의 전기는 "해당 인물과 작품, 관련 사료를 깊이 연구한 후 심리를 분석"(《우정, 나의 종교》, 유유, 2019)하는 특징을 갖고 있다는 걸, 특별히 주인공이 가질 수밖에 없었던 인간적 고뇌와

엘리자베스 비제 르브룅, 「캐미솔 드레스 차림의 마리 앙투아네트」, 캔버스에 유채, 89.8×72cm, 1783, 메트로폴리탄 미술관.

인간다움을 강조해 글을 썼다는 걸 어른이 되어서야 알게 되었다.

나는 엘리자베스 비제 르브룅(Élisabeth Louise Vigée Brun, 1755~1842)의 마리 앙투아네트 초상을 볼 때마다 '내 영혼의 만화' 를 떠올린다. 말과 칼과 배후가 넘치는 로코코의 귀족 사회에서 조용히 자기 자리를 지켜온 비제 르브룅은 18세기 프랑스에서 가장 독보적인 여자 화가였고, 마리 앙투아네트 전속 초상화가로 불릴 정도로 왕비의 그림을 많이 남겼다.

이동파 화가인 보리스 쿠스토디예프(Boris Kustodiev, 1878~1927)의 「볼셰비키(Bolshevik)」를 볼 때면 나는 또 다른 '내 영혼의 만화' 가 떠오른다. 남자는 붉은 깃발을 들고 꿋꿋하게 전진한다. 건물들이 그를 가로막지만 주저하지 않는다. 기다란 깃발의 끝을 보니 그는 아주 먼 길을 지나왔다. 그는 산처럼 높고 크며 수많은 민중이 그를 우러러본다. 그는 존경할 만한 인물, 아니 사상이다. 그의 이름은 볼셰비키. 내가 아는 최초의 볼셰비키 역시 거대한 인물, 저러한 캐릭터였다. 그는 바로 올훼스의 알렉세이 미하일로프다. 쿠스토디예프의 「볼셰비키」는 11월 혁명을 배경으로 한다. 니콜라이 2세를 현혹하여 나라를 쥐고 흔들던 라스푸틴이 암살당한 직후, 1917년 3월에는 소비에트를 중심으로 노동자와 농

민들이 왕궁을 습격했다. 이 일로 임시 정부가 수립되고 나라는 공화정의 형태를 갖춘다. 그러나 임시 정부 역시 민중보다는 정치를 우선시했다. 제1차 세계대전에서 발을 빼지 못하는 임시 정부에 불만을 품은 레닌과 그의 볼셰비키는 11월 혁명을 주도했고 승리하고야 만다. 드디어 전쟁은 끝나고, 사유 재산의 지배가 끊어졌다. 노동자의 정부가 탄생했고, 사회주의 국가가 등장했다. 교과서에나 인문학 서적에서 등장하는 이런 문장이 누구에게는 텍스트로 읽히겠지만, 나와 내 올훼스 친구들에게는 이미지로 읽힌다.

그 옛날 누가 알았을까, "20세기 역사는 러시아 혁명 없이 이해할 수 없다."는 말이 등장할 거라는 걸. 이 최초의 사회주의 국가가 소비에트 연방을 관통할 사상을 전파하고, 50년이 넘는 냉전을 지켜 올 권력을 유지할 거라는 걸. 올훼스의 알렉세이가 아니었다면 러시아는 내게 '빨간' 나라였을 뿐이리라. 그 안에 억압이 있고 사상이 있고 혁명이 있었으리라는 걸 생각이 짧은 나는 전혀 몰랐을 거다.

역사의 주체가 인간, 그중에서도 민중이라는 것을 드러낸 두 사건은 한 여자 거장의 손에서 훌륭한 만화로 태어났다. 덕분에 나 같은 사람들이 아름다운 그림과 짜임새 있는 줄거리를 즐길 뿐 아니라, 만

보리스 쿠스토디예프, 「볼셰비키」, 1920년, 캔버스에 유채, 101 x 141㎝ 트레치야코프 미술관.

나지 못했던 사람을 사랑하고 만나지 못했던 사건을 기억하게 했다. 소소한 취향도 선물해 주었다. 무엇보다 또 다른 책들을 읽도록 다리를 놓아주었다. 베르바라의 오스칼 님이 말한 바 있다. "좋은 책은 신분과 계급을 초월하여 사람을 끌어당기며 놓지 않는 것…. 인간이기에 좋은 책을 읽고 싶다고 생각하는 것은 당연합니다." 책은 끌어당김의 능력을 가졌다. 좋은 책은 좋은 책을 끌어당기고 또 끌어당기고, 때로는 또 다른 것을 끌어당기고, 당기고, 또 당기고… 어쩌면 나의 거의 모든 것은 그 만화에서 시작되었는지도 모른다.

그 방에서 시작되었다

방이 넷인 새 아파트를 분양받아 오면서 아버지는 공들여 서재를 꾸미셨다. 지금 생각해 보면 아버지에게도 '자기만의 방'이 필요했을 터. 그분은 충분히 욕심을 내실 만했다. 목공소에서 합판을 구해와 손수 톱질하고 나사를 박아 책장을 만드셨다. 합판을 붙들고 톱질을 돕는 건 내 몫이었다. 넓은 방 한 면은 바닥부터 천장까지 책으로 가득 찼다. 또 다른 한 면은 책상과 책장이 차지했다. 아버지의 아지트였고 천국이었다. 그러나 딸을 잘못 둔 그분의 운명은 가혹했다. 처음에는 책상이었다. 책상은 은근슬쩍 어린이 물건으로 가득 찼다. 곧이어 어린이 침대가 들어갔다. 방은 더욱더 좁아졌다. 새벽같이 나가서 자정이 넘어 들어오는 아버지는 불쌍하게도 속수무책 당하셨다. 안방 다음으로 넓은 서재방은 곧 내 차지가 되었다.

나는 제멋대로 아버지의 책들을 읽었다. 《러시아 혁명사》니 《군주론》 같은 책도 있었다. 누렇게 뜬 종이에 마스터 인쇄, 심지어 세로 글줄이었다. 군데군데 〈리더스 다이제스트〉도 있었다. 영어 원서는 일단 패스하고 한국판 리더스 다이제스트부터 읽었다. 한자가 빽빽하게 병기된 세로줄 《이야기 성경》도 줄줄이 읽었다. 삽화는 영 별로였지만. 자연스레 한자 음가를 익혔다. 《뇌내혁명》, 《엔트로피》도 일단 펼쳤다. 세상에 별 희한한 생각을 하는 사람이 많다는 걸 알게 되었다. 아파트 복도에 누가 버리려고 내놓은 《시찌다 마코토의 0세 교육법》, 《칼 비테 천재 학습법》도 주워다 읽었다. 자연스레 나도 0세 교육을 해봐야겠다는 소망이 생겼다. 원래 그런 나이다, 십 년도 못 살아본 아이들은 뭐든 할 수 있다고 믿는다. 책 덕분에 나는 영어도 한자도 두렵지 않았고, 파일럿도 생물학자도 될 수 있을 것 같았고, 천재 교육도 할 수 있다고 생각했다.

아버지의 서재에 살면서 내가 누린 가장 큰 혜택은 편견 없이 책을 받아들이는 경험이었다. 내가 책을 아무 두려움 없이 받아들인 시기는 그때뿐이었다, 쉬움과 어려움을 아직 모르던 시절. 어려운 책도 사심 없이 다가가 무작정 글자를 읽었다. 어려우면 어려운 대로, 쉬우면 쉬운 대로. 이해하지 못하는 단어와 개념은 추론과 상상으로 채웠다. 이제는 그리 읽지 못한다. 이 책이 어려운지 쉬운지, 내 수준에 맞는지 안 맞는지 재단하고 지레 겁먹는다. 문제는 편견이란 안경이 눈을 가리면 읽을 수 있는 책도 못 읽는다며 포기하는 것.

해리엇 베커(Harriet Backer, 1845~1932)가 그린 「토발드 보에크의 서재(The Library of Thorvald Boeck)」를 볼 때마다 나는 아버지의 서재를 떠올린다. 그 방의 질감이 닮았다. 바닥에서 천장까지 가득한 책과 책장, 책 먼지 가득한 쾨쾨한 공기 사이로 뽀얗게 들어오던 간유리 사이의 빛 같은 것. 그림은 어느 독서가의 마음도 사로잡을 만큼 부드럽다. 공간의 아름다움뿐 아니라, 책등이 단정하게 꽂힌 모양새가 앤티크한 보물, 19세기 책이 가진 특유의 매력을 그대로 살려내고 있다.

서재 가운데에는 마호가니 책상이 자리잡았다. 자칫 어두컴컴해 보일 수 있는 공간, 책상 왼편 커다란 창문은 풍부한 빛을 공급한다. 창문을 넘나드는 가지와 이파리는 생생하니 산소를 공급한다. 가슴이 탁 트인다. 안팎으로 아름답다. 천장의 샹들리에는 얼마 후 찾아올 밤의 빛이 얼마나 노랑일지 알려 준다. 따스한 온도의 색이 보이지 않아도 보인다.

나무로 섬세하게 짠 마룻바닥에는 오래된 시간의 색이 엿보인다. 발 닿는 바닥에는 고급스런 카펫을 깔았다. 금실로 한 땀 한 땀 세공한 의자는 푹신하게 쿠션을 넣었고 등의 곡선을 따라 부드럽게 사포질을 했다. 깔끔하게 정리된 책상 위에는 읽다 만 책 몇 권, 표면은 반질반질하다. 그 위에 살짝 앉은 먼지의 회색빛마저도 부드러움을 더한다. 맞은편에 일렬로 놓인 네댓 개의 의자는 이 서재가 환대의 공간이기도 하다는 걸 알려 준다. 초대된다면 누구라도 함께 책 이야기를 하게 될 것이다. 서재는 책의 궁전이니까.

이 그림은 베커의 작품 중 사람 없이 공간만 강조한 몇 안 되는 실내화다. 그녀는 노르웨이에 귀국한 지 얼마 안 되어 친지가 가꿔온 소중한 둥지를 그렸다. 이 서재의 주인인 토발드 올라프 보에크(Thorvald Olaf Boeck)는 노르웨이의 유명한 법학자 겸 사회운동가이며 유명한 책 수집가다.

위키피디아의 토발드 보에크 문서는 "보에크는 아홉 살에 처음 책을 읽었습니다."로 시작한다. 그가 살았던 시기는 19세기다. 어린이의 발달 단계가 확고하게 알려지기 전이며, 유 · 아동 서적이 등장하기 전

해리엇 베커, 「토발드 보에크의 서재」, 캔버스에 유채, 94.5×89cm 1902, 오슬로 국립 미술관.

이다. 즉 그가 읽은 첫 책은 보통 어른이 읽는, 그것도 꽤나 어려운 인문학 책이었을 확률이 높다는 이야기다.

그가 결혼하면서 가장 먼저 한 일도 엄청난 양의 책을 안전하게 정리할 서재를 구하는 일이었다. 그럼에도 턱없이 부족해 얼마간을 아이슬란드 국립도서관에 넘겨야 했지만 말이다. 이 그림의 서재는 그나마 엄청난 책들이 정리된 후의 모습이다. 보통 사람들이라면 믿을 수 없겠지만 책 덕후들은 고개를 끄덕인다. 다 있음 직한 일이다. 나라도 그렇게 했을 테니.

구체적인 얼굴 생김새가 드러나지 않아도 주인의 인품과 취향, 생활 양식이 속속들이 드러나는 풍경, 혹은 실내 그림을 '얼굴 없는 초상화'라 부른다. 이런 그림은 귀하다, 우리는 그의 생김새보다 그의 내면을 더 알고 싶기 때문에. 이는 그의 외양보다 그의 내면을 더 잘 드러낸 그림이다. 그래서 어떤 사람들은 이 그림을 보고 알아챈다, 그 역시 나와 같은 DNA를 가진 인간이라고. 부러워한다, 그는 성공한 덕후라고. 내내 설렌다. 나도 저런 서재를 가지고 싶다고. 아아, 나를 호더(Hoarder, 물건을 버리지 못하고 쌓아두는 저장 강박 증세, 혹은 그 증세를 지닌 인물)로 만드는 제일 큰 문제는 책이다. 근데 이게 어디 나뿐인가, '우리'를 호더로 만드는 원인이 책이니, 이걸 어떻게든 해결해야 한다.

내 공간을 겪어본 사람들은 대부분 질겁한다. 이 책들을 어떻게 좀 해 보라고. 너는 많아도 너무 많이 갖고 있다고. 넌 너무 책 욕심이 많다고. 그런데, 솔직히 억울하다. 책 좋아하는 사람치고는 이게 절대 많은 게 아니란 말이다. 인기 연예인이 나오는 TV 예능 프로그램에서는 진정한 애서가의 책장을 촬영해서 매주 보여줘야 한다. 나는 장서가가 될 수 있는 제1 조건을 갖추지 못했다. 나는 거실과 부엌이 딸린 집도 없이 단칸방에 산단 말이다. 자가(自家) 애서가들은 거실, 부엌, 화장실 뭐 할 데 없이 책이 있는데 나는…. '이상한 나라의 헌책방'을 경영하는 윤성근 저자의 《책이 좀 많습니다》만 봐도 책이 좋아 책으로 집을 짓고 사는 사람들이 사는 책풍경이 얼마나 거대한지 모른다.

사실 몇 년 전에 집을 한 채 샀다. 이쯤 되면 놀라실 분이 계시겠지만, 연약한 초가집도 집이고, 몇십억 초호화 아파트도 집이며, 집을 '산 것'과 그 집에 '사는 것'은 다르다. 이 말인즉슨 전세를 끼고 아주 적은 돈을 들여 겸손한 집을 샀다는 것. 내 또래 아주 보통의 여자들처럼 나도 이십대 후반에서 삼십대 초반 사이에 평범한 결혼을 하고, 평범하게 집을 구해 내 단칸방을 떠날 줄 알았다. 설마 마흔은 안 넘길 줄 알았지. 근데 남들은 다 하는 결혼이 내게는 너무나 어려운 과제더라. 사회 생활을 시작하면서 꼬박꼬박 부어온 청약 통장은 십 년 동안 활약할 기회가 없었다. '아, 나 이제 혼자 살게 되겠구나.' 번쩍 정신을 차려 보니 수도권 집값은 이미 천당 아래, 울고 싶은 마음으로 열어본 내 저축은 나름 검소한 생활에도 불구하고 너무나 연약했다. 울고 싶다고 울고만 있을 수 없다, 오랫동안 꿈꿔온 마이 스위트 홈은 나 혼자서라도 만들어야 했다.

몇 해 전 어느 여름날, 나는 서울 모처의 수많은 빌라들 사이를 오갔다. 수많은 집을 들여다보고 또 들여다보면서 내가 가장 먼저 생각한 것은 책이었다. '어디에 서재를 만들면 좋지?' '책장은 어떻게 디자인해서 짜 맞출까?' '책상은 어디에 두면 좋을까?' 요리는 당연히 할 생각이 없으니 부엌에는 관심이 없고, 화장실은 물만 잘 나오면 되고, 벽지며 마감재, 타일 색깔은 거슬리지만 않으면 됐다. 코팅재나 강도까지 신경 써 구경하게 된 건 대여섯 개의 집을 돌고 나서다. 그렇게 나는 고르고 고른 집 하나를 계약했다. 작은 방 세 개가 다닥다닥 붙은 회색 벽돌집이다. 걸어서 오 분 거리에 간이 도서관이 하나, 15분 거리에 공공도서관이 하나 있다. 지금은 고마운 신혼부부 세입자 님이 살고 계시지만 오륙 년 후에는 미술 책방과 사회 · 문학 책방이 그득한 내 보금자리가 되어줄 것이다. 이 인생 계획을 떠올리면 더 열심히 살아야겠다고 주먹을 불끈 쥘 수 있다.

친구들은 나를 돈벌레라고 부른다. 주말마다 하는 시험 감독이며 학교, 도서관 강의도 시간만 맞으면 마다하지 않는다. 그림도 틈틈이 그려 '혹시 팔릴까' 단체전도 꾸준히 참여한다. 타이트하게 적금 풍차를 돌린다. 정작 뛰어들지도 못할 거면서 부동산에도 주식에도 펀드 소식에도 일단 더듬이가 서 있다. 돈 벌고 불리는 게 체질엔 안 맞다. 내 머리는 숫자만 들어가면 마비되는 체질이다. 그런데도 해야 한다. 이렇게 푼돈에 연연하는 건 왜인가, 그 중심을 차지하는 건 저 그림 같은 드넓은 서재, 내 공간을 갖고픈 욕망이다. 애서가들이 돈에 미치지 않을 수 없다. 다치바나 다카시는 책을 두려고 고양이 빌딩을 세웠다는데, 건물주님이 엄청난 월세를 책에게 양보했다니 이보다 더 진심일 수 없다. 영국의 리처드 히버(Richard Heber)는 전 유럽에 여덟 채의 집을 사두고 서재로 썼다는데, 결혼마저도 책 많이 갖고 있기로 유명한 프랜시스 커러(Frances Mary Richardson Currer)와 했다고 한다. 사랑과 책을 모두 얻었다니 일석이조다.

우리의 현실에 책의 궁전은 머나먼 꿈 차원의 문제다. 삶은 빠르고 각박하다. 돈 되는 일에만 집중하기에도 시간이 부족하다. 거기에 책벌레들은 시간을 쪼개서 여러 책을 읽는다. 교양 있는 인간으로서 잘 살기 위한 시간을 갖는다. 이를 '공부' 라고 부를 수도 있지만 책벌레들은 너무나 당연한 그걸 공부라고 생각하지 않는다.

현실은 교양의 인간이 아니라 경제적 인간이 잘 사는 방식으로 돌아간다. 묘하게도 책벌레들은 돈 되는 부동산과 주식에는 가장 늦게 관심이 간다. 일단 사회, 문화, 예술, 문학에 먼저 관심이 간다. 특히 문학은 어찌나 무궁무진한지… 그걸 하나둘 먼저 읽다 보니 교양 책벌레들은 생활에 뒤진다. "늬들이 그리스어를 알아?" 라며 경제적 인간들을 늘 욕하던 사람을 경험했는데, 아쉽게도 그는 늘 카드값에 시달리고 있었다. 그가 '속물' 이라 부르던 책 안 읽는 사람들이 사회적으로 더 많은 부를 갖고 있는 게 보통이다. "책 읽으면 가난해져!" 라고 날선 충고를 하던 지인의 말이 현실이 되어간다. "가난한 사람은 책으로 부자가 되고(貧者因書富), 부자는 책으로 귀하게 된다(富者因書貴)." 는 왕안석(王安石)의 말은 송나라 때까지만 유효했나 보다. 일본 드라마 「위장부부(僞裝の夫婦)」를 보라. 소중히 쌓아둔 책 때문에 집이 무너져 오갈 데 없어지고 수리비마저 청구당한 주인공의 처지를. 우리는 더 이상 책 속에서 유유자적할 수 없다. 내 마음의 서재를 지키려면 나가서 싸워야 한다. 질 게 뻔한 싸움이더라도 해야 한다. 그렇게라도 하지 않고는 견딜 수 없는 욕망이 책에 대한 것이다.

내 노트북 그림 폴더에는 '서재' 라는 카테고리가 있다. 거기엔 내가 탐내는 서재가 차곡차곡 들어 있다. 《지식인의 서재》에서 연재한 명사들의 사진뿐 아니라, 신문이나 잡지에 나온 일반인들의 사진도 있다. 네이버 '책을 좋아하는 사람' 카페에는 '내 서재 자랑하기' 카테고리가 있다. 맘에 드는 서재를 보면 수첩에 스케치해 둔다. 문학동네 출판사의 북카페 '카페 꼼마' 의 높은 천장 인테리어가 맘에 든다. 이쪽도 괜찮겠다. 언젠가는 그런 서재를 손에 넣고야 말겠다. 나도 책 카페에 호화찬란한 내 서재를 자랑해야지. 같은 DNA가 흐르는 우리 종족 모두의 꿈을 열렬히 응원한다.

책과 바람나다

아주 오랫동안 취업은 인생의 숙제였다. 이 직장에 다니다가 저 직장에 다니고, 이 직장이 망하면 또 다른 직장을 찾아가는 모양이 한 5년간 반복되었다. 마지막 회사가 사정이 어려워 나온 후에야 잊고 있던 교사 자격증이 떠올랐다. 회사가 아니라 전국 단위 시험으로 뽑는 직장에 가면 또 망하거나 또 잘리는 일은 없을 것 같았다. 한 학교에 시간제 강사로 자리 잡은 후 본격적으로 임용 고사 공부를 알아보기로 했다.

가장 먼저 공부법을 설명하는 책을 읽었다. 내 게으른 성격과 직장 생활과 공부를 병행하는 현실에 알맞은 공부 방법이 필요했다. 도서관에 들러 수많은 공부법 책을 독파했다. 고시를 몇 개 패스했다는 사람의 공부법부터 두뇌가 정보를 빨아들이게 하라는 무의식 공부법, 가운데 큰 점을 바라보고 시야를 확장하고 일렬로 선 점선에 시선이 따라가게 하는 속독법까지 연구했다. 솔직히 말하자면 이 속독법 프로그램을 가르치는 곳을 찾아 몇 십만 원 주고 등록했고, 한 달 동안 열심히 따라했다. 미안하지만 내게는 큰 도움이 되지 않았다. 나는 상대적으로 읽는 속도가 빨라서 속독법의 효용을 크게 실감하지 못했고, 정독에 익숙했기에 눈알을 빨리 굴리지 못했다. 눈이 정보를 흡수하도록 해야 하는데 그 패턴 잡기에 실패했다. 세상은 넓고 공부법도 많았다. 고만고만한 자갈밭에서 옥석을 가려야 했다.

그렇게 고른 공부법은 두 가지. 에빙하우스의 망각 곡선을 응용한 《마이돌핀 학습법》과 연반추 반복 학습을 강조한 《SR 방식 생존력》이었다. 한두 권을 토대로 단권화한 수험서를 반복하고 또 반복해서 공부했다. 시험 인생은 다른 거 없다. 반복과 자동화다. 암기 기계가 되면 된다. 기계가 된 나는 자다가도 누가 툭 치면 바로 교육 과정 내용을 줄줄 외울 정도였다.

첫 1년은 수험서도 싫지 않았다, 개도 겉보기엔 책의 모양을 가지고 있고, 그것도 일종의 독서라고 생각하니 할 만했다. 두꺼운 이론서를 두 번 세 번 읽어 익숙해질수록 독서로서의 공부는 쉬워졌다. 중간 중간 재미있는 내용도 있어 위안으로 삼았다. 그러나 한 해 두 해 준비 기간이 길어지면서 싫증 잘 내는 내 성격은 자꾸만 뾰족해졌다. 이제는 책을 읽고 싶었다. 못생긴 시험 글말고 예쁜 글을 읽고 싶었다. 사랑이 뚝뚝 흐르는 서정시가, 날카로운 지성의 글줄이 간절했다.

그러니 자유의 몸이 되고 가장 먼저 원했던 일은 무엇이겠는가, 도서관에 가서 책들을 잔뜩 빌려 왔다. 당시는 '인문학' 이란 분야가 유행하기 시작할 즈음이었고, 인문학의 무늬를 한 자기 계발서가 사람들을 유혹했다. 수많은 인문학 입문서들이 읽어줄 사람을 기다리고 있었다. 학생 때 읽던 철학과 미학은 겉핥기에 불과했다. 세상은 내가 상상했던 것보다 훨씬 크고 넓었다. 신입으로 새로운 직장에 적응하느라 여유가 없었는데도 그간 눌러온 욕망은 거대했다. 허기진 사람이 밥을 찾듯이 책을 파먹었다. 당시 내 꼴은 언제나 휘청휘청, '책과 바람난 여자' 쇠이유출판사의 편집자 아니 프랑수아 그 자체였다.

책을 가지고 다니는 일만으로도 독서광은 부두 노

동자로 변하고 만다. 간단히 말해, 적어도 3kg을 어깨에 메거나 등에 짊어지고 다니다 보면, 제2경추부터 미저골에 이르기까지 척추가 변형되어 망가진다.

아니 프랑수아, 《책과 바람난 여자》,
솔출판사, 2005.

가방에 두세 권의 책을 항상 넣고 다녔고, 자투리 시간마다 책을 읽었다. 퇴근 후 자주 도서관에 들렀다. 하다 하다 이해할 수 없는 책을 이해해 보고 싶어서 키르케고르의 《죽음에 이르는 병》을 분철해 한 짝씩 덜렁덜렁 들고 다니기도 했고, 플라톤의 《대화편》을 필사해 보기도 했다. 처음에는 B5 사이즈의 책을 B4로 확대 복사했다. 행간이 확대되며 나온 흰 줄에 키르케고르의 글을 따라 적었다. 얼핏 만만해 보이던 소크라테스는 단편별로 세 번 필사하고 나서야 무슨 말인지 알아들을 수 있었다.

사람은 끼리끼리 모인다, 읽은 책 후기를 쓰던 인터넷 카페에서 친구들이 생겼다. 한 달에 한 번씩 서현역에 모여 함께 플라톤 읽기를 했다. 이렇게 멋진 친구들은 모이기만 하면 책 이야기를 했다. 발터 벤야민도 쇠렌 키르케고르도 읽었다. 취업을 통해 단 일 년 만에 내 세계는 달라졌다. 책을 선택할 자유가 있음이 비현실적으로 느껴졌다. 세상은 내게 책 한 권만큼 더 아름다워지곤 했다.

때와 장소도 가리지 않았다. 균형 감각이 발달한 덕분에 지하철뿐 아니라 버스에서도 어려움 없이 책을 읽었다. 어디서나 들고 다닐 수 있는 범우사 문고판이 참 좋았다. 나중에는 업무가 버겁고 시간이 없어 점심을 비급식 신청하고 책을 읽었다. 체육관에서 농구 연습하는 우리 반 학생들 곁에서 귀마개를 한 채 새빨간 《레비나스와 사랑의 현상학》을 읽었다. 민방위 훈련 때도 운동장에 서서 범우사 문고판 《뤼시스》를 읽었다. 돈도 시간도 실력도 없어 초라했던 새내기 시절이었지만 좋았다. 책을 읽을 자유가 있었으니 충분했다.

일본 드라마 「중쇄를 찍자!」에는 책이 너무 좋아 직장마저도 서점을 선택한 카와 씨가 나온다. 항상 홀로 책을 읽는 것이 익숙했고, 친구들과 어울리지 못해 늘 불안했던 여학생 카와는 어느 날 자기 삶을 바꾼 만화, 《100만 소녀 바이블》을 만난다.

"우리에게는 모두 보이지 않는 날개가 달려 있어. 멋진 날개로 키워 내고 싶다면 책을 많이 읽으렴. 책의 형태는 새의 형상이잖아. 책을 읽으면 읽을수록 강하고 부드러운 날개로 자랄 거야. 그럼 어디든지 날아갈 수 있단다."

책이 주는 자유를 이처럼 매끄러운 비유로 설명한 대사를 나는 본 적이 없다. 넉넉한 주머니 안에 날개를 넣어둔 이는 그가 어디에 있든 곧 자유하리라는 자신감을 가질 수밖에 없지 않겠는가.

에두아르드 스보보다(Eduard Swoboda, 1814~1902)의 그림에서 아주 조그만 '책벌레' 도련님은 먼지 쌓인 낡은 나무 벽장으로 세상을 막고 자기 천국을 만들었다. 그득그득 쌓인 책에 기대어 책을 읽고 있다. 이 아수라장에서 저 아련한 표정이라니…. 다 낡은 책더미, 쓰레기라고 해도 할 말이 없는 구겨진 종이와 헝클어진 담요, 나무 박스 위로 아무렇게나 파고들어 오는 다양한 종류의 사물들까지. 이 상자의 뒤편은 아무도 예상치 못하는 장소다.

뒤를 돌아보기 싫은 소년은 있는 힘껏 이 장소에 파고들었다. 내 뒤편 세계에서 무슨 일이 일어나거나 말거나 여간 집중하고 있는 것이 아니다. 이 와중에 혹시 놓칠까 꼭꼭 끌어안고 기댄 책 뭉치라니. 이 귀여운 공간에 부드러운 빛이 스민다. 소년이 중간쯤 읽은 누렇게 뜬 낡고 두꺼운 책은 어떤 내용일까. 지금 이 순간 책이 간절한 소년에게 이 지저분한 나무 벽장은 유일한 장소다. 뜨거운 마음을 채워주는 놀라운 장소다. 그에게 평화와 안식을 주는 살 만한

에두아르드 스보보다, 「작은 책벌레」, 캔버스에 유채, 47 x 38.5cm, 1902, 미상.

장소다.

책이 간절했던 모든 순간 나에게는 구석진 모든 자리가 그러하였다. 세상에서 나를 고립되게 한 장소, 아니 나를 보호해 준 장소. 그 모든 자리에 나의 구원이 있었다. 그리고 세상에서 나를 고립시켰던 책 속에 나의 구원이 있었다. 구원의 의미를 찾자면 결국 자유다. 그리고 그 어디라도 책을 읽지 못할 곳은 없다. 좋아하는 사람과 함께 있으면 그 아무리 허름한 선술집이어도 낙원인 것처럼. 덜컹거리는 시내버스를 타도 벤츠보다 안락한 것처럼. 나의 끼리끼리 책 친구들은 고백한다. "지난주에 종합 병원 6인실에 입원했는데, 책이 너무 고파서 새벽에 1층 로비까지 갔지 뭐야." 그는 다음날 간단한 수술을 앞두고 있었다. "지하철에 자리가 나서 편히 책을 읽다 보니 내릴 곳을 지나쳤잖아. 그래서 기왕 이렇게 된 거 그냥 계속 읽었는데, 또 다음번 정거장을 놓쳤더라고." 그는 세 번째에야 2호선 순환 열차에서 내릴 수 있었다고 한다. 책이 무엇이기에 이토록 사랑스러운 것인가. 이걸 알고 싶어 우리는 또 책을 붙든다. 또 만나게 된다.

생은 밀당의 달인이라 자주 춥고 고달프고 얄궂지만 의외의 순간에 무척 다정하다. 수술을 받으러 입원한 병원의 조용한 로비에서, 첫 차를 기다리는

24시간 카페의 회색 고요에서, 현기증이 날 듯한 지하철 안에서 간신히 부여잡은 자리 하나에서, 우리의 간절함을 보호하는 그 다정한 구원 때문에, 우리는 삶에 대한 열망과 믿음을 잃지 않고 꿋꿋이 살아갈 수 있는 것이다. 때때로, 우리의 구원은 날개를 닮은 책과 함께 온다.

누구나 의미를 두는 장소가 있다

참새가 방앗간을 지나치지 못해 최순우 옛집에 들렀다. 전 국립중앙박물관장이자 미술사학자인 혜곡 최순우(兮谷 崔淳雨, 1916~1984)가 마지막 생(生)을 불태운 장소가 여기다. 나는 한옥을 사랑한다. 그래서 주인공이 한옥에 사는 드라마 '개인의 취향'과 '공항 가는 길'도 좋아한다. 어느 날 이야기를 나눈 사람이 계동 한옥에 산다는 걸 알고 홀리듯 그의 집에 따라 들어간 적도 있다. 전에 살던 용인 집에서는 장욱진 고택이 가까웠다. 오르막 포함 걸어서 40분이면 담담하고 정갈한 그 집 안팎을 밟을 수 있었다.

이런저런 데를 열심히 다녀 봤으나 혜곡의 집이

그중에서 제일이다. 서울에 이런 고풍스러운 한옥이 남아 있다니. 이 반전만큼 이 집은 신비롭다. 봄가을 언제 가도 눈물 나게 아름답다. 개방된 바깥채를 노닌다. 빛이 스민다, 바람이 오간다. 사랑방 입구에 "두문즉시심산(杜門卽是深山)"이라 쓴 현판이 아름답다. 최순우 선생이 직접 쓴 정갈한 글씨가 늘씬하다. "문을 걸어 닫으니 바로 이곳이 깊은 산중"이란 뜻이다. 1976년 병진년, 혜곡은 성북동에 꿈같은 집을 지어 몸을 기댔다. 67.2 x 21cm의 나무판에 글씨를 쓰고 새겨 사랑에 달았다. 휘종의 글씨로 잘 알려진 수금체(瘦金體)로 가늘고 섬세하고 부드러운 글씨다. 혜곡은 여기서 책을 읽고 글을 썼다. 이 방에서 그가 내놓은 책이 《무량수전 배흘림기둥에 기대서서》와 《나는 내 것이 아름답다》를 비롯한 여러 권이라고 하니, 이 방에서 읽은 책은 또 얼마나 많을까. 저자가 책 한 권 낼 때 공부하느라 읽는 책은 적어도 백 배 이상이다. 어느 글장이나 그러하듯이 이 집을 짓는 돌과 나무만큼 많은 책을 쌓아 올렸을 것이다.

동양 회화에서 '서옥도(書屋圖)' 혹은 '초옥도(草屋圖)'라는 장르가 있다. 혜곡이 쓴 현판 내용처럼 산속 작은 서재에서 책을 읽는 인물을 숨은 듯 작게 그린 그림들이다. 예전에도 작은 '책집'은 모든 선비들의 꿈이었나 보다. 깊은 산이니만큼 집을 둘러싼 식물도 함께 그려 '죽림서옥도(竹林書屋圖)' 혹은 '매화서옥도(梅花書屋圖)' 마냥 이름 붙인다. 집을 둘러싸기에 가장 잘 어울리는 건 아무래도 흐드러진 꽃 매화다. 소치 허련(小痴 許鍊), 희원 이한철(喜園 李漢哲), 관재 이도영(貫齋 李道榮), 우봉 조희룡(又峰 趙熙龍), 운초 박기준(雲樵 朴基駿) 등 수많은 화가들이 매화와 함께 '꿈의 책집' 을 그렸다. 꿈의 책집을 소유한 유명인, 송나라 문인 임포(林逋)의 이야기 때문이다.

임포는 책을 읽느라 결혼도 하지 못했다. '매처학자(梅妻鶴子)' 라, 즉 매화를 아내라, 학을 아들, 사슴을 심부름꾼이라 말하며 고독을 즐겼다. 절강성의 한 고산에 작은 집을 지어 책만 읽으며 20년 동안이나 사람을 만나지 않았다. 뜰에는 매화를 심어 애정하고, 기르는 사슴의 목에 술병을 매달아 주막으로 보내고, 손님이 오면 학을 하늘로 날렸다. 고독하나 멋스럽게 살았다. 조용히 책을 읽고픈 사람이라면 누구든 임포의 이런 삶을 부러워할 것이다. 조금만 돈이 생기면 책집을 지을 궁리부터 하리라.

보라, 광동고등학교 송승훈 국어 교사는 《제가 살고 싶은 집은》이라는 책까지 써가면서 '잔서완석루(殘書頑石樓, 낡은 책이 있는 거친 돌집)' 를 짓지 않았는가. 책을 너무너무 좋아해서 책을 좋아하는 아내와 결혼했다는 초등학교 교사 김준산 역시 "매일 책과 씨름해야 하는 저에게 서재는 삶의 최전선이에요. 집에서 서재가 우선이 될 수밖에 없죠."(리빙센스 10월호, 2013)라 강조하며 양평 모처 조용한 곳에 '부킹 하우스(Booking House)'를 짓지 않았는가. 얼마간 틀어박혀 조용히 책만 읽을 수 있는 집, 그건 책 좋아하는 우리 모두가 바라는 장소다.

우리의 꿈 같은 그림, 조선 후기 중인 화가 고람 전기(古藍 田琦, 1825~1854)의 「매화초옥도」를 여기 소개한다. 전기는 바로 앞서 소개한 '잔서완석루' 글씨를 쓴 추사 김정희에게서 배운 조선 말기 남종 복고풍 화가다. 갈필법(渴筆法)은 김정희 이상으로 잘 사용해 추사의 뜻을 이어 사의(寫意, 마음을 눈삼아 보고 그리는) 문인화의 경지를 이룬 것으로 평가된다. 조희룡은 "고람은 훤칠하고 수려했으며 그윽한 정취와 예스러운 운치가 흘러넘쳐 마치 진나라와 당나라 시대 그림 속의 사람 같았다." 하였고 "시를 지은즉 신기하고 싶은 맛이 있었"다며 그의 글과 그림 및 안목을 극찬했다.

이르디이른 봄 매화가 흐드러지게 피었는데 늦은 눈이 펑펑 쏟아져 내린다. 그야말로 장관이다. 붓질 하나하나가 오버한 구석 없이 담백하다. 단아하

고람 전기, 「매화초옥도」, 종이에 수묵 담채, 36.1×32.4cm, 조선 19세기 중엽, 국립 중앙박물관.

다는 표현은 바로 이 그림에 써야 한다. 그림 우측에 쓴 '역매인형초옥적중(亦梅仁兄草屋笛中)' 을 보라, "역매 오경석이 초옥에서 피리를 불고 계시누나." 초록색 옷을 입은 주인공은 화가의 절친 역매(亦梅) 오경석(吳慶錫, 1831~1879)이다. 그는 우리나라 최초의 서화가 사전 《근역서화징(槿域書畵徵)》을 쓴 위창 오세창(葦滄 吳世昌)의 아버지다. 역매가 어떤 취향을 가진 사람이었는지는 자명하다. 빨간 옷을 입은 전기 자신은 등에 거문고를 둘러맸다. 친구의 피리에 곧 화음을 맞출 것이다. 다른 매화서옥도와 다른 데가 바로 여기다, 책 읽는 그는 혼자가 아니라는 것. 그렇다면 고람 전기를 자기 책집의 그림에 초대한 이는 없었을까? 나는 역시 책과 매화를 사랑해 꿈의 책집을 그린 조희룡(1789~1866)이 아닐까 생각한다. 조희룡의 「매화서옥도(梅花書屋圖)」를 보면 우측 한켠에 화가가 쓴 글이 있다. 그림을 그리고 한참 후, 그림에서 떠오르는 누군가를 그리며 쓴 글이다. 20년이 지나 그림(매화서옥도)을 펴보고 나니 "죽었던 친구를 다시 만나는 느낌을 받는 것 같구나(披拂之餘 不覺三生石上之感)!" (삼생석은 윤회·환생을 통한 친구간 재회를 의미한다.) 조희룡 역시 추사 김정희의 제자였으나, 그는 전기와 달리 스승으로부터 전적인 환영을 받지 못했다. 생동감이 넘

조희룡, 「매화서옥도」, 종이에 수묵담채, 106×45.4㎝, 간송미술관.

치는 감각과 조형미는 추사에게 너무 낯설어 인정 받을 수 없는 부분이었다. 오히려 기량이 너무 뛰어나 '문자향(文字香, 문자의 향기)과 서권기(書劵氣, 서책의 기운)' 가 없다며 추사는 그를 인정하지 않았다. 조희룡의 「매화서옥도」는 전기와 어떻게 다른가? 거대한 매화나무가 서옥(書屋)을 감쌌다. 꽃은 만개해 풍성한 구름처럼 책집을 덮는다. 이 화려한 꿈틀거림은 전기의 담백한 표현과 너무 다르다. 양 극단에 선 둘, 그러나 두 사람은 꼭 만나야 하는 절대적인 둘이었다.

누구나 의미를 두는 장소가 있다. 누구에게는 학교 옥상, 누구에게는 덕수궁 돌담길, 누구에게는 삼청동 뒷길, 누구에게는 명동성당…. 우리는 아무나 '나의 장소' 에 데려가지 않는다. 마음을 연 친밀한 사람만을 그 장소에 데려간다. "여기는 제가 답답할 때 와서 바람 쐬는 장소예요." "저는 이 교회 저 건물에 있는 유치원을 나왔어요." "여기는 제가 처음으로 벽화를 그린 장소예요."라고 의미를 말한다. 소중한 장소에는 아무나 함께하고 싶지 않다. 이 장소의 의미를 알아줄 것 같은 사람만 초대한다.

사람은 모순의 존재다. 책 읽기 딱 좋은 조용한 집(내 경우는 방)을 마련해 놓고도 순간순간 외로움에 사무쳐한다. 그래서 굳이 책과 노트북을 바리바리 싸들고 카페로 간다. '책이 그렇게 좋다는 늬들은 책만 있으면 아무것도 필요 없지 않느냐'는 건 책 읽는 사람들을 잘 모르는 말이다. 그들은 책이 좋지만 사실 사람도 좋다. 사람이 너무 많은 게 싫고 내가 선택한 사람 몇몇이 너무너무 좋을 뿐이다. 그런 그들이 세상에서 가장 중요한 자기 집, 혹은 서재나 책 읽기 딱 좋은 카페에 초청하는 건 그를 특별히 여긴다는 증거다. 당신은 나의 특이함을 이해할 수 있는 절대적인 사람이란 고백이다. 내 책의 궁전에 올 자격이 있는 그대라는 표현이다.

고람 전기는 서른 해를 다 살지 못하고 세상을 등졌다. 요절(夭折)이란 바로 이런 이야기다. 당대 천재 화가 중의 천재라고 그를 인정했던 조선 미술계에 벼락과도 같은 일이었다. 우직하고 충성스러운 친구 화가, 조희룡은 울며 시를 지었다고 한다.

그대가 별안간 저 세상으로 가 버리니
(自子遽爲千古客)
이승에 남은 나는 정을 갚을 수가 없구려.
(塵寰餘債意全孤)
흙이란 본디 냉정하기를 알고 있지마는
(雖云土壤非情物)
끝내 그대의 열 손가락도 썩혀 없앨 것인가.

(果朽斯人十指無)

조희룡, 「전기전(田琦傳)」

전기는 종로 수송동 자기 집에 '이초당(二草堂)'이라 이름 붙인 약재상을 차려 장사도 하고 친한 예술인들을 불러 교유했다. 18세기 프랑스에서 벨 사방이 여는 살롱이 발달했듯 조선 후기에는 여항(閭巷) 문화가 발달했다. 신분 상승이 어려운 중인 하급 관료들을 중심으로 글과 글씨를 사랑하고 책을 열심히 읽는 사람들, 여항인은 평화롭고 부요한 도시 한양을 중심으로 성장한 신흥 문인이었고, 전기는 그들의 소중한 친우였다. 전기가 사망하자 그를 사랑하던 수많은 서화가와 문인들이 탄식했다. 안목 있는 전기는 그림을 중개하는 일도 아주 잘했기에 곤란해하는 이들도 많았다. 고아한 화가의 안목과 풍취는 그림과 시로 영영 살아 남았다. 이 모든 것이 책 읽는 우리가 부러워하는 문인의 삶이다. 짧고 굵은 여운으로 남는, 항상 배우고 익히며 빛나는 삶.

나는 고람 전기처럼 살고 싶다. 조용히 책을 읽고 때때로 큰 창문을 열어 탁 트인 풍경을 보고 싶다. 숨 막히는 인간관계를 떠나 진실로 소중한 사람하고만 깊이 교유(交遊)하며 지내고 싶다. 마음껏 책을 읽고 좋아하는 꽃에 둘러싸여 살고 싶지만, 임포처럼 사는 건 질색이다.

좋아하는 책만 읽고, 좋아하는 그림을 보고, 좋아하는 음악을 듣고, 좋아하는 공연을 보러 가고, 좋아하는 사람만 만나며 사는 삶, 이건 자본주의 시스템에 최적화되지 못한 인간에게 불가능한 꿈임을 안다. 세상에서 제일 비현실적인 게 책 읽는 사람들이라는 세간의 편견에서 나는 벗어날 수가 없다. 물론 이상과 현실은 정반대라는 '이론' 역시 '읽어서 아는' 이들이 책 읽는 족속이므로, 개중 그나마 현실적인 나는 내일도 일찍 일어나 내 궁전을 나서 부지런히 출근할 것에 승률 100퍼센트를 건다.

중국인의 탈무드라 불리는 명나라 증광현문(增廣賢文)에 "그대와 함께한 하룻밤 이야기가 10년의 독서보다 낫다(共君一夜話 勝讀十年書)"는 말이 있다. 만권의 책을 읽는다 해도 세상 모든 지식을 알 수 없고, 세상 모든 이치를 깨달을 수 없다. 만권의 책을 읽은 이가 세상과 사람을 미워하는 모양이 너무 흔하고, 단 한 권의 책을 읽지 않은 이가 깊은 우물 같은 통찰을 가진 모양도 본다. 영혼을 담고 있어 책이 귀하지만 영혼의 주인인 사람보다 책이 고귀하지는 않다. 책을 담는 최고의 그릇은 인간일 수밖에 없으므로 더욱 그렇다. 앞으로, 내 겸손한 책의

궁전에 나는 몇을 초청해 하룻밤을 보낼 수 있을까,
누가 나에게 그런 사람이 되어 줄까.

아몬드 나무 하우스가 있는 곳

삼선교역에서 내려 마을버스를 잡아탄다. 느긋하게 걸어가면 30분은 족히 걸린다. 대개 돌아 나올 때는 걸어오지만 지금은 마음이 급하다. 오늘의 목표는 길상사다. 오르막을 점찍고 총총히 내려오다 성북동성당을 들를 것이다, 언제나처럼 성모상 앞에 마음을 심고 오리라. 중간중간 고색창연한 사진을 찍고 인스타그램에 올리는 것을 잊지 말아야지.

첫 책이 나온 이후 몇몇 사람에게서 프로필이 특이하다는 이야기를 들었다, " '언젠가는 성북동에 둥지를 틀고 길상사와 간송미술관 곁을 노닐며 살고 싶다' 라는 마지막 부분이 인상적이에요" 라고. 오래전부터 내가 살고 싶은 동네는 오매불망 성북동이다. 누군가는 그렇게도 부자가 되어 부촌에 살고 싶냐고 물어볼지 모르지만, 나는 배포가 고작 성북동 비둘기 정도밖에 안 되는 사람이라 그런 야심이 없다. 성북동에는 간송미술관과 길상사가 있어서 좋은 거다. 새벽부터 줄줄이 줄을 서 간송미술관 문 열기를 기다리던 대학생 때부터, 길상사의 남자 백석 시를 열렬히 읽던 삼십대에도 그랬다. 그리고 어느덧 마흔에 가까워진 나이, 나는 도톰하니 읽기 좋은 양장본 한 권을 만났다. '아몬드 나무 하우스'를 중심으로 외로운 영혼들이 모여 만드는 이야기, 윤대녕의 《피에로들의 집》이다.

아는 사람은 다 안다, 내가 꾸준히 '로또'를 사고 있다는 것을. 일확천금에 관심 없는 사람은 없을 것이고 나라고 다르지 않지만 이 하나만은 확실하다. 《피에로들의 집》을 읽지 않았다면 내가 성실히 로또를 사는 일이란 절대 없었으리라는 것. 무려 11년 만에 나왔다는 작가의 장편 소설 《피에로들의 집》은 성북동 '아몬드 나무 하우스'에 모여 사는 상처 입은 사람들의 이야기다. 사실 나는 오랫동안 윤대녕에게 관심이 없었다. 워낙 좋아하는 단어, '피에로'가 들어간 제목 때문에 고른 책이었을 뿐. 이전 소설에 비해 무난해졌다는 목소리가 들렸지만 내게는 딱 적절한 취향 저격의 책이었다. 내가 좋아하는 성북동의 구석구석에 '아몬드 나무 하우스'가 실재하는 듯 실감나게 묘사되어 있었기 때문이다. (복권에 당첨되면) 나는 성북동에 양옥집을 짓고 싶다. 책에서처럼 1층 북카페를 가진 복층 집을. 꿈은 얼마든지 커도 되는 법이니 2층 건물을 지어 위층에는 내 살림을 꾸리고, 1층에는 책을 내어놓고 카페를 열고 싶다. 그리고 벽면은 빈센트 반 고흐(Vincent van Gogh, 1853~1890)의 그림 「만개한 아몬드 나무」로 장식하고 싶다.

고흐의 그림은 우키요에(浮世繪)의 영향을 받아 평면적이고 이 때문에 화려하고 도안적이다. 그중에서도 가장 아름다운 모양을 갖춘 그림은 에메럴드 블루의 배경을 지닌 「만개한 아몬드 나무」가 아닐까.

이 그림을 그리기 얼마 전인 1888년, 고흐는 프랑스 남부 아를에 터를 잡았다. 우키요에에 흠뻑 빠져 있던 그는 아를이 '남쪽의 일본', 즉 일본과 가장 흡사한 장소라고 믿었다. 작열하는 태양은 모든 입체를 평면으로 보이게 했다. 색은 더 강력하게 대비되었다. 우키요에를 보는 듯 풍경은 납작하고 단순해졌다. 만발한 복숭아나무와 살구나무 꽃의 아름다움에 반해 연분홍 가득한 꽃과 꿈틀거리는 나뭇가지를 연달아 그렸다. 'Tree Blossom'은 고흐의 마음을 지배한 주제였다. 이즈음 고흐에게 기쁜 소식이 들렸다. 그의 생명 같은 동생 테오 반 고흐와 제수 요한나 봉어 사이에 새 생명이 생겼다는 것, 그들은 태어난 남자아이를 형의 이름으로 부르기로 정했다는 것이다.

고흐는 기쁘면서도 무서웠다. 아이가 혹여 자기를 닮아 괴팍하고 고독하고 안 풀리는 인생을 살게 되면 어떡하나 하는 두려움. 그러나 테오는 의지를 굽히지 않았다. '빈센트 빌렘 반 고흐' 드디어 외로운 그에게도 자기 분신 같은 어린아이가 생긴 것이다. 고흐는 눈물을 흘리며 기뻐했다. 가만히 있을 수 없었다. 조카에게 무엇이든 주고 싶었다. 생의 기쁨을 담은, '푸른 하늘을 배경으로 커다란 나뭇가지 위에 흰색 아몬드 꽃이 활짝 핀' 그림을 아이의 침실에 걸어 주고 싶었다.

고흐는 아몬드 나무 아래에서 고개를 들어, 푸른 하늘을 배경으로 그림을 그렸다. 애정, 축복, 기쁨, 놀라움. 그 모든 것을 담기 위해 그는 하늘을 올려다보았다. 하늘로부터 빈센트 주니어에게 충만한 축복이 가득하기를 바라면서, 자기 인생에는 너무나 부족했던 빛이 자기의 분신에게는 늘 함께하기를 기원하면서. 「만개한 아몬드 나무」는 고흐의 인생에서 가장 환희에 찬, 특별하고 아름다운 그림이다.

빈센트 반 고흐, 「만개한 아몬드 나무」, 캔버스에 유채, 73×92cm, 1890, 반 고흐 미술관.

윤대녕의 선택은 탁월했다.

나의 꿈 이야기를 조금 더 하자면, 나는 북카페의 이 그림 한켠에 내가 사랑하는 글을 필기체로 '그리고' 싶다.

> "나는 아몬드 나무에게 말했노라. '그대여, 나에게 신의 얘기를 해다오.' 그러자 아몬드 나무에 꽃이 활짝 피었다."
>
> 니코스 카잔차키스(Nikos Kazantzakis),
>
> 《영혼의 자서전(1)》.

젊은 니코스 카잔차키스는 수도의 장소로 유명한 아토스산으로 가서 40일간 순례했다. 거룩한 곳에서 마음을 닦고 또 닦지 않으면 견딜 수 없을 정도로 심란했다. 그런 그를 위한 놀라운 위로였을까. 어느덧 크리스마스이브, 이제 떠날 때가 되어 다프니로 돌아간 그가 발견한 것은 놀라운 기적이었다. 추운 겨울날 허름한 과수원에 아몬드 꽃이 피어나 있었다. 순례자들은 놀라움으로 노래를 불렀다. 프란체스코 수도회의 기도문이었다. 카잔차키스는 이 일을 《영혼의 자서전》에 적었다. 그리고 같은 책에 이 시를 한 번 더 언급했다.

카잔차키스는 득도한 사람이었다. 세속의 달콤

함 따위는 그에게 우스울 뿐이었다. 희망을 극복의 대상으로 보았던 그가, 희망을 믿지 않았던 그가 이 사건을 자기 생에 빼놓지 않고 기록한 것은 의외의 기쁨이 더욱 아름다워서가 아니었을까. 나는 고흐의 「만개한 아몬드 나무」를 볼 때마다 이 기도문을 외우고 더불어 찬란한 기쁨을 경험한다. 내게 이 그림은 특별하고 이 시도 특별하다. 이제는 이 소설 역시 특별해졌다.

인생이 책 한 권으로 바뀌지는 않지만 책 한 권이 사람의 인생에 계기가 되어 준다. 책들이 모여 어떤 인생을 구성한다. 내게 《피에로들의 집》이 꼭 그랬고, 이 책의 '아몬드나무 하우스' 가 내 꿈이 되어 주었다. 이 꿈이 일 주일에 한 번, 야심찬 기대를 품고 복권을 사도록 권유했다. 부촌 중의 부촌인 성북동에 북카페를 낸다는 건 소설 같이 허무맹랑한 꿈이다. 그래도 나는 몇 번이고 나의 소망을 말하고 기록하며 꿈을 꾼다. 꿈만큼은 꿀 수 있는 것이 인간의 특권이고, 이 꿈꾸는 능력은 책이 만들어 준 것이므로. 책을 좋아하는 사람에게 삶은 책으로 만든 에피소드로 쌓인다. 책을 사랑하는 사람은 책과 얽힌 모든 아름다움으로 생을 장식한다. 앙투안 로랭의 《빨간 수첩의 여자》를 읽고 나서는 빨간 몰스킨 노트를 쓰기 시작했고, 존 버거의 《A가 X에게》를 읽고는 손

편지를 자주 쓴다. 《삼성을 생각한다》를 읽고 나서는 내 손으로 삼성 제품을 사지 않는다. 이성복의 시를 읽고는 남해에 다녀왔다. 송찬호 시집 《분홍 나막신》 중에 제일 좋아하는 시 제목을 빌려 컴퓨터 패스워드로 사용한다. 아이디 · 패스워드 찾기 질문으로 "가장 기억나는 추억의 장소는?" 이 나오면 에리히 캐스트너의 《헤어졌을 때 만날 때》에 등장한 '물망초 뮌헨 18번지' 를 저장한다. 힘겨운 시절에는 《소공녀》 세라의 '셈치고 놀이' 를 하며 하루이틀을 버텼다. 늘 말한다. "취향을 선물하는 사람은 못 잊을 사람이 된다" 고, 취향을 선물하는 책은 못 잊을 책이 된다. 꿈을 선물하는 책 역시 마찬가지다. 책을 좋아하는 사람은 책을 모델로 인생을 설계한다. 《앤》 시리즈의 앤과 《작은 아씨들》의 조를 좋아해서 언젠가 작가가 되기를 소망했고, 키 작고 못생기고 반항적인 《제인 에어》에게 동질감을 느껴 결국 미술 교사가 되었다. 《김환기 · 어디서 무엇이 되어 다시 만나랴》에서 만난 나를 꼭 닮은 김향안 때문에, 나는 꼭 윈-윈 파트너십을 가진 사람과 결혼하지 않으면 안 된다는 걸 알았다. 《서재 결혼 시키기》를 읽고는 앤 패디먼처럼 '서재 결혼식' 을 할 수 있기를 바라고, 《푸름이 이렇게 영재로 키웠다》를 해 보고 싶어서, 사랑하는 아기 조카를 만날 때마다 책을 읽어 주고 또 읽어 주고, 조카에게 무슨 책을 물려줄지를 벌써 고민한다. 책처럼 나에게 정확한 인생의 비전을 선물한 존재는 없었다. 꿈을 이루기 위한 구체적인 습관을 콕 집어 만들어 준 존재는 없었다. 책 한 권을 통과할 때마다 생이 재설정된다. 구체적으로, 구체적으로. 풍부하게, 풍부하게. 이것은 책 읽는 사람만이 공감 가능한 생생한 기쁨이다.

그 시절 내가 좋아했던 서점

단원(檀圓) 김홍도(金弘道, 1745~1806)의 「서당도(書堂圖)」를 보면 무엇이 떠오를까? 국민 공통 기본 교육 과정을 성실하게 이수한 대부분의 성인은 '김홍도' '풍속화', '해학과 풍자'를, 역사를 잘 아시는 분들은 '조선 후기', '보물 527호'를, 미술을 잘 아시는 분들은 '철선묘(鐵線描, 굵기의 변화 없이 일정하게 철사처럼 예리한 선을 긋는 법)' 혹은 '정두서미묘(釘頭鼠尾描, 처음에 붓을 세게 내려긋고 서서히 쥐꼬리와 같이 가늘게 선을 긋는 법)'를 이야기할 것이다. 그러나 누군가는 여기에 다른 기억을 덧붙인다. 이제는 추억이 된 옛 서점의 상징 같은 그림이라고.

아주 오래전 온라인 서점은커녕 인터넷조차 존재하지 않던 시절, 서점에서 책을 고르면 책 꽁댕이에 도장을 '콩' 찍고 한 권씩 포장해주던 때가 있었다. 이 포장을 하겠다고 줄을 일일이 섰던 사람들이란…. 포장옷을 입히면 겉으로는 이게 무슨 책인지 모르기 때문에 볼펜으로 책등과 책표지에 제목을 정갈하게 쓰는 게 새 책을 사면서 얻는 즐거움이었다. 그러다 커버에 손때가 묻고 더러워지면 부욱 찢어낸다. 숨었던 깨끗한 표지가 드러나는 순간을 나는 참 좋아했다. 2018년에는 교보문고에서 '책, 옷을 입다' 행사를 하면서 '북커버전(展)'으로 책 포장지를 전시할 정도로 그때의 향수는 우리에게 짙다.

누가 내게 "종로에서 어디를 제일 좋아해?"라고 묻는다면 나는 바로 "종각역 다이소."라고 대답할 것이다. "아니 다이소를 왜?"라고 묻는다면 "그 건물이 좋아서."이고, "그 건물 어디가 좋아서?"라고 묻는다면 "계단들 때문에."라 대답할 것이다.

종각역 4번 출구 앞에 우뚝 선 다이소 건물은 내게 특별한 장소다. 내 마음의 서점, '종로서적'의 흔적이 아직 남아 있어서. 선반 가득 알록달록한 새 물건들 사이, 허름해도 너무 허름한 나무 계단이 어울리지 않는다. 이렇게 느슨한 계단이 만드는 효과는 어떻고, 한 층이 아니라 반 층씩 올라가도록 만든 여유와 그윽함이 어찌나 황홀한지 모른다. 나는 기억한다. 이 계단과 벽 사이에 가득 쌓였던 수많은 책들을. 계단 구석에 앉아 고개를 숙이고 책을 읽던 멋쟁이 언니, 오빠 들을. 이 계단을 종종거리며 오르내리던 개량 한복 차림의 종로서적 직원들을. 쪽진 머리의 종로서적 언니들이 각 잡고 싸 주던 책 커버를. 그곳의 색깔은 너무도 갈색이었고, 나는 그 장소의 커피색 분위기를 너무나 사랑했다. 그리고 거기 나의 고마운 책 친구가 있었다.

E는 속눈썹이 길고 까만 눈이 예뻤다. 하얀 볼과 부드러운 손끝은 또 어땠게. 반갑게 인사하며 올라가는 입꼬리는 눈이 부실 정도였다. 누가 봐도 참하고 예쁜 E는 누구보다 앞서 나가는 아이였다. 고등학교 1학년 때부터 패스트푸드점에서 사회 생활을 시작한 그녀는 자연스레 대학 진학보다 취업을 선택했다. 대학으로 가는 친구들을 부러워하던 것도 잠시, 나를 찾아와 '종로서적' 에 다니게 되었다며 웃었다. "너 책 좋아하잖아. 자주 놀러 와. 미리 연락하면 내가 그 책 찾아 둘게."

분당에서 서울로 학교를 다니던 내게 종각은 환승 기지 같은 곳이었다. 뻔질나게 종로서적을 드나들었다. 아마 2주일에 한 번은 들렀을 거다. 공부할 거라는 핑계로 책 구경만 해도 이미 공부가 된 것 같았다. 저 멀리 책만 보아도 기운이 펄펄 나서 가만히 있을 수가 없었다. 엘리베이터도 있었지만 그걸 기다리느니 어서 계단을 뛰어오르는 게 속시원했다. 동관과 서관을 연결하는 통로를 지나갈 때도 좋았다. 이쪽 책도 저쪽 책도 다 나를 부르는 것 같았다. 서점에서 내놓은 의자는 잠시 앉아 쉬라는 의도였겠지만, 책을 보러 온 사람들이 그 의자에 잠시 앉아 있을 수는 없었다. 의자는 항상 만석이었고 나에게까지 차례가 오지 않았다. 그냥 서서 책을 들춰보는 날이 수도 없었고, 계단에 앉아 책 한 권을 주구장창 보는 날이 더 많았다. 그러다가 소묘와 수채화를 가르치던 미술 학원에서 강사비가 나오는 날에는 한 권이라도 꼭 책을 샀다. E의 덕을 보고 30~40퍼센트 가량 하는 직원 할인의 혜택을 덩달아 누렸다. 얼마나 좋았던지.

내가 가장 좋아한 건 4층의 예술 서가와 5층 외서 코너였다. 미술 책은 말할 것도 없이 다 '건드려' 봤다. 당시 가장 관심이 있었던 건 해부학이었기에 '인체' 라는 글자가 제목에 들어간 책들은 다 펼쳤던 기억이 난다.

루시 모드 몽고메리의 《앤(ANNE)》 시리즈와 로라 잉걸스 와일더의 《초원의 집》을 한 권씩 사 모았다. 지금이야 알라딘 중고 서점에만 가도 원서가 쌓여 있을 정도로 흔한 책들이지만, 그때는 원서 한 권 한 권이 귀하고 가격도 만만치 않았다. 양장본이 아닌 페이퍼백이라 해도 나에게는 큰맘 먹고 질러야 할 책이었다. 다른 사람들이 해리 포터 시리즈를 읽으며 영어 공부를 할 때, 나는 앤 셜리와 길버트 브라이스, 로라 잉걸스와 알만조 와일더 커플을 엿보며 즐거워했다.

1907년 종로에 '예수교서회' 라는 국내 첫 개신교 서점이 문을 열었다. 처음에는 간단히 성경이나 찬송가 정도를 팔던 조그만 서점이었다. 당시 서울 시내에 흔히 볼 수 있었던 기와집 서점은 얼마 되지 않아 양옥 서점으로 모습을 바꾼다. 1931년에는 지하 1층을 갖춘 4층짜리 건물에 엘리베이터까지 갖춘 신식 건물로 대규모로 공사하여 '교문서관' 이라 이름하고 종로 중간을 떡하니 지켰다. 1948년에는 '종로서관' 으로 간판을 바꾸어 달았으나 곧이어 전쟁이 터지는 바람에 큰 파손을 감내하여야 했다. 1963년에 도로 확장과 함께 개축하였고 '종로서적센터' 라는 이름으로 다시 문을 열었다. 1977년에는 주식을 상장하여 주주를 갖춘 회사로 도약했으며, 바로 옆 건물 기독교서회 몇 층을 인수하여 연결 통로를 만들어 확장했다. 내가 아는 종로서적의 모습이다.

아쉽게도 종로서적은 내게 오랜 시간을 주지 않

았다. 한창 취업 준비에 마음을 썩이던 2002년, 마음놓고 책을 읽기 힘들었던 시절, 이 점잖은 서점은 운영난을 이기지 못하고 조용히 폐업했다. 짧은 아르바이트를 전전하다가 작은 사무실에 들어가게 된 날, 간신히 바람 쐬러 나온 종로에 종로서적이 없다는 걸 알고 얼마나 황당했던지. 그러고도 한참이 지나 2017년, '빠이롯드 만년필' 종각 매장이 문을 닫았을 때 나는 또다시 종로서적 생각을 했다. 만년필 매장에 붙어 있던 고색창연한 손글씨의 안내문을 기억한다. 오래되어 아름다운 것들이 바람에 먼지 날리듯 사라졌다. 2017년의 상실감은 2002년의 상실감과 비슷한 얼굴로 나를 상처 입혔다.

그렇게 여러 번 종로서적에 갔는데 내 기억은 이미 흐릿하다. 머릿속에서 계단을 오르고 복도를 지나지만 안개 속을 걷는 듯 희미하다. 스친 마음과 스민 시간이 분명한데 손에 쥘 것은 하나도 없다. 종로서적 앞에서 찍은 "희미한 사진 한 장 남기지 못"했다. 날카롭게 각 잡은 서당도 포장지라도 하나 남아 있다면 얼마나 좋을까. 그걸 왜 다 쥐어뜯었을까….

단원 김홍도는 정조가 다스리던 시절, 문화와 예술이 부흥하던 조선후기의 르네상스를 대표하는 화가다. 500개 이상의 진품 그림을 남겼지만 정확히 언제 태어나고 죽었는지, 어느 집안 누구와 결혼했는지, 자녀는 어떻게 남겼는지 정확한 기록은 어디에도 없다. 그렇게 많은 초상화와 인물들을 그렸으면서도 정작 그의 얼굴은 아무도 모른다. 전하는 말로는 단정한 외모에 삼가는 태도로 온화한 성정을 지녔다고 한다. 그는 우리가 잘 아는 풍속화뿐 아니라 진경산수화(眞景山水畵), 영모화(翎毛畵), 도석인물화(道釋人物畵) 등 모든 분야에 능했다. '서당'은 《단원풍속도첩》의 한 장으로, 잘 알려진 '씨름', '기와 얹기', '담배 썰기', '활쏘기' 등 25점 그림 중의 하나다. 한국인이 가장 좋아하는 김홍도 그림이 아닐까, 나는 생각한다.

한국인만큼 공부에 신경 쓰는 민족이 또 있을까. 배우고 익히는 것을 중요시하는 민족이 있을까. 학교에서 혹은 학원에서 배우고 읽고 쓰는 일에 마음 쓰지 않은 한국인이 과연 있을까. 아무리 시대가 변했다고 해도 공부를 업신여기는 사람은 찾아 보기 힘들다. 그런 우리에게 선생님을 둘러싸고 책을 읽고 글을 외우는 학생과, 공부를 못해 혼나고 눈물을 훔치는 학생이 허투루 보일 리가 없다. 공부를 잘한 학생은 잘하는 대로, 못한 학생은 못하는 대로 서당도에 나오는 학생들에게 공감한다. 공감은 사랑을 쌓고, 사랑이 쌓인 그림은 어떤 메시지를 전하게 된

김홍도, 「서당도」, 단원풍속도첩에서, 종이에 수묵 담채, 21.4 x 16.4cm, 18세기 후반, 국립중앙박물관.

다. 이 그림의 경우는 '지식을 쌓는 데는 책이 꼭 필요하고 지식을 얻으려면 노력이 필요하다' 라는 것.

인쇄된 종이의 모음인 책은 그저 나무 섬유질을 엮은 뭉텅이가 아니다. 지식이 한 켜 한 켜 쌓인 지식의 보고다. 이 책을 쓰고 엮은 사람들의 지식과 마음이다. 서당에서 책 한 권을 다 외우고 이해하면 '책거리' 를 열어 떡을 나누고 축하할 정도로 책에 든 지식은 중요한 보물이었다. 어느덧 세상은 변해 지식은 습득이 아니라 검색의 대상이 되고, 책에 몰입하는 사람은 시대에 뒤떨어진 사람 취급을 받는다. 책은 읽는 게 아니라 '사는 것' 이 당연해졌다. 책 도둑에게 유난히 관대했다던 종로서적이 사라진 게 이상하지 않다. 처절히 쟁투하는 서점마다 팬시 용품과 건강 용품, 각종 액세서리가 차지하는 면적이 늘어난다. 허나 누가 그들에게 돌을 던지겠는가. 이제 지식은 허영일 뿐 돈이 되지 않는 걸. 오히려 지나친 지식은 현실에 위화감을 주어 생계를 위협할 수도 있는 걸.

하지만 오히려 그렇기에, 나는 종로서적의 포장 이미지가 '서당' 보다는 아래 두 그림이었으면 더 좋았었겠다 하고 생각한다.

헌종 시대에 활약한 도화서 화원, 시산 유운홍(詩山 劉運弘, 1797~1859)의 「독서하는 나무꾼(負薪讀書圖)」를 보라. 중국 전한 무제 때 인물인 주매신

유운홍, 「독서하는 나무꾼」, 비단에 담채, 16.1 X 22.1㎝, 19세기, 서울대학교박물관.

(朱買臣)이 그림의 주인공이라 하는데, 주매신은 가난한 형편에 늘 나무를 해 팔아야 했다. 그는 나무를 하면서도 책을 세워놓고 틈틈이 읽고, 나무 뭉치를 메고 오는 길에서도 책을 암송하며 걸었으며, '늘품 없는 책벌레' 라고 아내가 화를 내면 크게 책을 읽어 외면했다고 한다. 그렇게 생계에 신경을 쓰지 않는 바람에 견디다 못한 아내가 집을 나가고야 말았다고. 유운홍은 주인공의 국적을 고려하여 조선 후기 보급된 지게 대신 나무 등짐을 활용해 오래 전 중국 모습을 충실히 따른다. 우측 여백에는 땔나무를 멘다는 뜻의 '부신(負薪)' 과 '독서(讀書)' 를 크게 적어 주제어를 강조한다. 미술사학자 손철주는《그림 보는 만큼 보인다》에서 여백을 사정없이 잡아먹은 큰 글씨가 조형적 구도상 "아니올시다" 라고 했지만, 자신의 호를 '시의 산(詩山)' 이라 지을 정도로 글과 책을 사랑한 유운홍의 마음이 거대하게 드러난 것이 아닐까.

공재 윤두서의 아들인 낙서 윤덕희(駱西 尹德熙, 1685~1766)가 그린「독서하는 여인(女人讀書圖)」역시 생계보다 앎의 기쁨에 푹 빠진 한 사람의 환희를 보여 준다. 이는 한국 예술사에서 여성의 지적 활동을 그린 기념비적인 작품이다. 우리 옛 여성들이 서당에 다니지 못했다고 모두 책을 멀리했던 것은

윤덕희, 「독서하는 여인」, 비단에 담채, 20×14.3㎝, 18세기, 서울대학교 박물관.

아니다. 상당수의 여성이 아버지의 어깨너머로 글을 배우고 어머니의 모습을 따라 책을 읽었다. 훈민정음이 보급되면서 조선 중기부터 문자 해독은 기본이었고, 18세기에 이르러 양반 계급을 중심으로 여성의 독서 및 문학 열풍이 불었다. 여자들은 경서, 사서삼경과 제자백가의 글들을 읽었으며, '여중군자(女中君子)'는 이러한 공부로 유교적 여성상을 충실히 구현한 인물을 칭송하는 말이다. 그녀들은 아쉽게도 남녀의 역할을 철저히 구분하던 시대의 한계로 세상에 지적 소양을 드러내지 못했지만, 독서의 즐거움만큼은 외면하지 못했다. 우리 민족에게 공부는 소중한 본능적 가치였던 것이다. 그저 스쳐간 책과 책들, 책 더미. 그들이 준 기억만으로도 그들은 충분히 행복하였다.

"희미한 옛사랑의 그림자" 같은 종로서적이 내게 준 것은 오직 기억, 오로지 기억뿐이다. 종각엔 건물이라도 남았지만 나라는 한 개인에게는 남은 것이 하나 없다. 아니, 사라져서 더욱 아름다운 것일까. 희뿌연 종로서적의 경험은 내게 허영에 불과할지도 모른다. 그러면 어떠한가. 우리는 이런 환상에 기대어 마음 한 부분을 쉬는 것이 아닌가, 나 자신이 아름다웠다고 착각하는 것이 아닌가. 그러면서 드러나는 아쉬움을 얼른 채워 넣으려고 또다시 책이 있는 장소로 달려가고 책 한 권을 품고 돌아오는 것. 책장을 넘긴 첫 표지에 '책을 구입한 날짜와 장소를 기록하는 것. 그것이 인간의 연약한 허영이 아니겠는가. 펄펄 뛰는 뜨거운 사람 가슴에는 허영 한둘쯤 있어야 하는 법이다.

3
책사람

일상이 170

책 읽는 남자

에디 존 데이비드 레드메인(Edward John David Redmayne), 나의 세상에서 가장 멋진 남자 배우다. 눈부신 웃음과 눈가의 주름, 별이 쏟아질 듯 투명한 눈동자와 약간 삐죽거리는 미소, 핏기 없는 창백한 입술이 온몸이 마비될 정도로 고상하다. 아참, 우아한 동선을 만드는 나긋나긋한 팔과 다리는 어떻고. 이런 남자와 동시대를 살고 있다는 점은 이성애자 여성인 나에게 행운이기도 하면서 절망이기도 하다. 왜 에디는 머나먼 영국에 살고 있는 것인가.

오래전부터 영국은 내게 '모험과 신비가 가득한 나라, 우리가 꿈꾸던 그곳' 이었다. 우상처럼 여기던 예술학과 교수님의 유학처가 영국이었기 때문. 나의 아이돌 스타 교수님은 늘 엣지 있는 영국식 발음을 구사하시며 영국 영어를 공부하라 하셨다. 제인 오스틴의 영어가 정확한 영국식이라는 말씀은 덤으로. 무심하게 책장에서 꺼내 보여 주시는 휘황찬란한 미술사 책들이 신기했다. 몇 년 전 왕위 계승 서열 4위 윌리엄 왕세자가 세인트앤드루스대학교 미술사학과에 진학하면서 '영국'과 '미술'의 컬래버레이션은 최고가를 누리고 있었다. 그랬다, 세상 멋진 혼자 사는 남녀들은 모조리 영국에 있었다. 아니다, 한국 사람이라도 조금 멋져지려면 영국 물을 먹어봐야 했다. 이런 말도 안 되는 믿음이 당시 내 안에 가득했다.

이 비합리적 믿음이 신념이 되어버린 결정적 이유는 바로 저분, 에디 레드메인이었다. 2012년 전 세계를 강타한 뮤지컬 영화 「레 미제라블」에서의 마리우스, 우수에 찬 푸른 분위기에 반해 눈에 든 배우는 한 번 두 번 보면 볼수록, 알면 알수록 더 빠져든다.

우선, 에디 레드메인은 미술 덕후다. 미술사 전공으로 대학을 졸업했다고 한다. 언빌리버블! 윌리엄 왕세자님과 비슷한 취향이구나 싶었더니 한 술 더 뜬다. 알고 보니 이튼 칼리지 다닐 때 둘이 같은 동아리를 했단다. 그것도 맨날 모여서 토론하는 서클이었다니. 뭐 그렇게 지적인가! 에디는 어렸을 때부터 워낙 미술을 좋아했다고 한다. 원래는 현대 미술에 관심을 가졌으나 케임브리지 트리니티 칼리지에 진학해 19세기 말 20세기 초 영국과 프랑스 미술을 주전공으로 졸업했다. 콘스탄틴 브랑쿠시의 조각과 이브 클라인의 그림이 논문 주제였단다.

여기서 엄청난 반전이 있다. 그는 적록색맹(赤綠色盲)이라고 한다. 빨강과 파랑의 식별이 안 되어 회색 혹은 누런 노란색으로 세상이 보인다는 것. 그런데 가장 좋아하는 색은 이브 클라인의 전매특허 IKB 블루라 말한다. 색약인데 클라인의 논문을 어떻게 쓸 수 있었나 묻는 쇼 프로그램에서 에디는 말했다. "저는 색을 못 보는 게 아니라 (색약이 없는 사람과) 다르게 보는 거예요. 내가 정확히 무슨 색을 보고 있는지는 모르지만 내가 보는 그 색이 좋아요. 색이 어떻게 보이든 아름다울 뿐이에요."

유난히 에디는 화가를 주인공으로 한 프로그램에 많이 참여했다. 마크 로스코를 그린 연극 「레드」 초연에서부터, 에이나르 베게너와 게르다 베게너 화가 부부를 주인공으로 한 「대니쉬 걸(The Danish Girl)」. 이외에도 그림이 나오는 소품이 필요할 때는 기꺼이 에디가 직접 그리고 만든다. 「세비지 그레이스(Savage Grace)」에서 나오는 스케치 가득한 몰스

킨이 그의 작품이다.

여유 시간이 나면 그림을 그리고 피아노를 친다. 촬영이 느슨한 시기에는 가방에 스케치북과 휴대용 수채 물감 팔레트를 가지고 다닌다고. 「Art of Dying」 전시회에 직접 디자인한 유골함을 출품하기도 했다. 매년 '프리즈 아트 페어' 에 들러 그림을 고른다. 일해서 처음 번 돈으로는 영국 추상화가 패트릭 헤론(Patrick Herron)의 그림 카피를 두 점 샀다고 한다. 그리고는 너무 좋아서 거실에 걸어 놓았고, 집에 불이 나면 가장 먼저 들고 뛰어나올 거라 했다. 휴일에는 미술관에 진을 치며 그림을 보고 박물관을 돌고 돌며 쇼케이스에 얼굴을 바짝 갖다 댄다. 시대극을 맡으면 내셔널 포트레이트 갤러리에 가서 그 인물의 얼굴을 확인한다고 한다. 연기를 앞두고는 캐릭터를 이해할 만한 원전(原典)을 찾아본다. 「대니쉬 걸」의 원작 소설이거나 스티븐 호킹의 전기 같은 것. 워낙 아는 게 많아서 감독이 배우를 찾아와 어떤 작품을 만드는 게 좋을지 상의도 한단다. 그렇게 만든 작품이 레드메인의 전쟁 미술 다큐멘터리 'War Art with Eddie Redmayne' 이다. "전쟁을 겪은 화가의 진짜 경험을 우리가 이해하는 것은 불가능하리라. 그러나 우리가 (전쟁으로) 엄청난 재능들을 잃고 말았음은 잘 알고 있다."는 배우의 고백이 따뜻하지 않은가. 역시 (일면식도 없는) 가난한 배우들의 집세를 내주는 사람답다. '취미가 사랑'인 인간이 여기 있다.

거기서 끝나지 않았다. 나를 녹아웃시킨 에디 레드메인의 치명적 매력은 인스타그램에 가득한 에디 레드메인 대중교통 컷. 런던 지하철에서 세상모르고 책을 읽는 에디의 모습이 살짝 찍혀 인스타그램에 올라온다는데, 이건 더 믿을 수 없는 인간이다. 백이면 백 에디 레드메인의 손에는 읽을거리가 들려 있다. 때로는 신문, 때로는 두툼한 페이퍼백이. 대충 찍어도 화보다. 에디 레드메인 덕에 나는 책 읽는 '현실' 남자가 얼마나 멋진 생물인지 뼈저리게 알게 되었다. 책 읽는 남자가 희귀한 생물인 줄 알았어도 멋진 생물인 줄은 너무 늦게 실감해 버렸단 말이다.

좀 드물지만 화가들도 책 읽는 남자들의 몰입하는 한순간을 열심히 포착했다. 여기 이 그림을 보라, 미국의 20세기를 풍미한 일러스트레이터 조지프 크리스천 레이언데커(Joseph Christian Leyendecker, 1874~1951)가 그린 잡지 일러스트레이션 말이다. "저 턱선의 외로운 각도, 저 콧날의 날카로운 시선" 그야말로 책 읽는 남자의 날카로운 황금빛 아우라가 뿜뿜이다. 노만 록웰과 함께 당시 미국의 양대 일러스트레이터였던 레이언데커는 현대 잡지 디자인의 원형을 만들었다 할 정도로 다양한 유형의 삽화를 그렸다. 특히 〈새터데이 이브닝 포스트(Saturday Evening Post)〉 주인공으로 자주 등장하는 '애로우 칼라 맨(Arrow Collar Man)' 은 허영만 화백의 '까치' 처럼, 순정 만화가 이미라의 '서지원' 처럼 그를 상징하는 인물이다. 애로우 남성복 모델로 처음 등장한 '애로우 칼라 맨' 은 몇백 편의 광고에서 살아 숨쉬며 미국인들의 우상으로 떠올랐다. 마치 지금의 우리가 에디 레드메인에 열광하는 것처럼 당대 여자들도 애로우 칼라 맨에게 열광했다. 허구의 그에게 수많은 여자들은 팬레터를 보내곤 했단다. 말도 안 되는 것 같지만 진짜다.

사실 '애로우 칼라 맨' 의 모델은 그의 연인이었던 찰스 비치였다. 그래서일까, 「책을 읽고 있는 애로우 칼라 맨」은 매혹적이다. 이 그림 한 장만 봐도 레이엔데커가 책 읽는 비치를 어떻게 바라보았는지 알겠다. 책 읽는 남자의 한순간이 이토록 반짝였을 것만은 알겠다.

그러니 세상의 절반인 남자들이여 선택의 여지가 없다. 당장 책을 펼치시라. 에디를 질투해 온 시간은 이미 충분했다. 이제는 그처럼 멋진 생물로 변신할 시간, 어서 서점에 가서 훌륭한 책을 골라보라. 일생

조지프 크리스천 레이언데커, 「책 읽는 애로우 칼라 맨」, 캔버스에 유채, 48.26 x 99.06 cm, 1914.

을 쌓아온 당신의 취향이 여기서 발휘될 터이니 최선을 다하라. 인스타그램에서 '#hotdudesreading'를 검색해보라. 세상 멋진 책 읽는 남자들이 가득하니 그들을 참고하라. 어디에서나 책을 펼치고 일단 읽어보시라. 시작이 반이다. 이제 얼굴을 살짝 돌리고 손으로 이마도 짚어야 한다. 고개를 숙여 그늘진 우수를 드러내야 한다. 누군가의 시선이 느껴지더라도 모른 척해야 한다. 포인트는 얼굴이 잘 보이지 않을 것, 거기에 있다. 자잘한 매혹의 디테일은 이 책을 읽다 보면 하나 둘 깨닫게 될 테니. 한국 지하철에도 에디 레드메인 빰치는 실물 화보들이 속속 등장하기를 노골적으로 바란다.

책벌레 레이더

벌레 중에서 칭찬만 받는 벌레가 있다. 첫 번째는 공부벌레고, 두 번째는 책벌레다. 공부벌레든 책벌레든 인간 세계에서 그들을 '벌레'라고 부르는 데는 이유가 있다. 세상의 주류가 아니기 때문이다. 첫 번째는 여전히 그 위상을 지키고 있지만, 두 번째는 글쎄다. 요즘 책벌레는 너무 존재감이 없어서 어느 지역에서는 멸종된 게 아닐까 궁금하다. 책으로 목숨을 부지하듯 책을 철저히 파먹고 사는, 나와 같은 먹이를 먹는 책벌레들.

책 읽는 사람은 눈에 잘 띄지 않는다. 어딜 돌아다니기보다 방구석에 틀어박혀 책이나 뜯어먹고 있기 때문이다. 그들의 집까지 찾아갈 수는 없으니 동족 구경이라도 해보려면 카페 구석구석을 찾아봐야 한다. 대형 서점에 가서도 화려한 중심 복도에서는 그들을 찾을 수 없다. 그들은 사람 많고 시끄러운 데가 질색이다. 오래전 대형 서점 구석에서 책 읽던 책벌레들은 민감한 성격 탓에 홈베이스를 버렸다. 요즘은 그들도 정신없는 대형 서점에 오래 못 머문다. 도서관도 시험 기간이면 중고생들의 수다 덕에 정신없다. 그러니 대체 어디서 책벌레를 만날 수 있는가. 우리는 늘 서로를 찾으며 아쉬워한다.

그러나 책벌레는 책벌레를 바로 알아챌 수 있다. 대개 가방이 크다. 배낭을 멘 경우가 아니면 꼭 가벼운 에코백이어야 한다. 우리는 작고 예쁜 가방은 멜 수가 없다. 아무리 작아도 책 한 권은 들어가야 하니까. 지하철이나 버스에서 한 손으로는 손잡이를 잡고 한 손으로는 책을 읽느라 늘 기우뚱한 모양새다. 도서관이나 서점에 가면 욕심내느라 책 앞에서 떠날 생각을 하지 않는다. 손 닿을 가까운 곳에 책을 대여섯 권 이상 쌓아 둔다. 차림새는 유행 모르고 허술한데 사는 책만은 늘 최신형이다. 의식주에 쓰는 돈만큼 책에 돈을 쓴다. 비주얼은 겸손한데 책 씀씀이만큼은 재벌급이다.

이런 그들에게 꼭 어울리는 플로린 스테트하이머(Florine Stettheimer, 1871~1944)의 그림을 소개한다. 미국 상류 계층의 여유로운 예술가 플로린 스테트하이머는 그야말로 비밀스러운 인물이었다. 그림을 그리는 사람이라면 누구든 자기 그림을 세상에 발표하고 인정받기를 바라는데, 그녀는 소심한 성격 탓인지 부유한 집안 덕인지 전혀 자기 그림과 이름을 세상에 드러내고 싶지 않아했다. 자기 집에 틀어박혀 꼬물꼬물 그림을 그리다 소중한 친구들을 초대해 자기만의 개인전을 열었다. 그렇다고 성격이 폐쇄적이거나 사회성이 부족한 사람도 아니었다. 그림을 보면 그녀가 얼마나 따뜻하고 풍요로운 사람이었는지 잘 드러난다.

1916년경부터 스테트하이머는 그들에게 자기 마음을 열기로 결심했다. 말 그대로 미국 뉴욕에서 예술가들의 '살롱' 을 열기로 한 것. 그녀의 삶 가운데 자기 그림에 영감을 주는 예술가 동료는 살과 피처럼 가까웠다. 비밀스러운 삶을 추구하는 스테트하이머였으나, 마음이 열릴수록 공간도 열렸다. 보라, 그녀의 그림 「스튜디오 파티」를. 정면으로 보이는 그림은 스테트하이머 본인의 '누드 자화상' 이 아닌가. 스테트하이머의 그림을 볼 수 있는 이들은 몇 안 되는 소중한 사람이었다. 그녀와 '삘' 이 통하는.

이 살롱은 무척이나 독특했다. 다양한 예술가들이 몰려들었다. 현대 문학을 시도하는 작가, 유럽에

플로린 스테트하이머, 「스튜디오 파티」, 캔버스에 유채, 71.8×76.2cm, 1917~19, 예일대학교.

서 미국으로 찾아온 예술가, 동성연애자들을 특히 반겼다. 이제 스테트하이머는 당대 뉴욕의 퐁파두르 부인(Madame de Ponpadour, 루이 15세 시절, 왕의 권력을 등에 업고 프랑스 살롱 문화를 이끈 문화 예술의 후원자)이 되었다. 벨 사방(Belle Savante, 미모의 지식인 여성)으로서 예술가들을 물심양면으로 후원함과 동시에 자기도 그림을 그리고 시를 쓰는 예술가로서 탄탄히 자리매김한 것이다. 오래도록 그녀의 정신적 지주가 되어 준 마르셀 뒤샹뿐 아니라, 뉴욕 갤러리의 큰손 알프레드 스티글리츠(Alfred Stiglitz)와 조지아 오키프(Georgia O' keeffe) 커플, 그리고 곧 소개할 단독 초상화의 주인공 칼 반 벡튼 역시 그녀와 끈끈한 예술적 동지였다.

「칼 반 벡튼의 초상」, 이 은발의 남자는 언제나 책의 성으로 쌓아둔 자기 방에 콕 처박혀 사는 '책벌레' 모습이다. 예민하고 신경질적이며, 강렬한 자기 취향과 개성이 있는, 그러나 미지근히 마음 따뜻한, 그런 남자.

칼 반 벡튼(Carl Van Vechten), 그는 부유한 자본을 가지고 도서관까지 운영하는 문화 예술 집안의 귀한 아들이었다. 문학뿐 아니라 연극, 음악, 미술, 무용 등 그 어떤 분야라도 그를 피해 가는 예술은 없었다. 칼럼니스트, 시인, 소설가, 음악 및 무용 비평가 등 그의 이름 앞에 붙는 수식어는 많고도 많았다. 나중에 그는 사진까지 찍는 전천후 예술가가 되었고, 흑인 지위 향상을 위한 사회 운동에도 적극적으로 앞장섰다. 그 역시 자유로운 예술적 영혼이었던 것. 1915년의 첫 만남 이후 두 사람은 친밀한 친구가 되었다. 벡튼은 좀처럼 자기 그림을 공개하지 않았던 그녀의 열렬한 지지자였으며 심리적 후원자였다. 그가 얼마나 스테트하이머의 그림을 높이 평가했던가.

> 그녀의 그림은 매우 현대적인 자질을 가지고 있다. 야망 넘치는 미국 음악가라면 곡을 선보이기 전에 곡에 포함해야만 할 자질이다. 오해를 받을 위험을 무릅쓰고 나는 이 자질을 재즈라고 부르지 않을 수 없다.
>
> "Pastiches et Pistaches", 「The Reviewer」, 1922.

스테트하이머의 초상화는 인물의 심리적 특성을 잘 드러낸다. 뒤샹의 초상에서는 예리함과 개성을, 스티글리츠의 초상에서는 여유로움과 거대한 신사적인 풍모를, 그리고 벡튼의 초상에서는 화려함 가운데 감추어진 외로움을. 그림마다 빼놓지 않고 사람을 그리던 스테트하이머였지만, 의외로 책이 등장한 그림은 거의 없다. 그러나 벡튼의 초상에만큼

플로린 스테트하이머, 「칼 반 벡튼의 초상」, 캔버스에 유채, 77.5×66㎝, 1922, 예일 대학교 미술관.

은 책, 책, 책이 등장한다. 그의 발치에 책이 있고 그의 등 뒤에는 책장이 있다. 그를 둘러싼 모든 것은 그를 말해주는 것들이다. 벽에는 가면과 그림이 걸렸다. 방 안에 타자기도 있고 피아노도 있지만 빵이나 스프 같은 음식물은 없다. 하다못해 과자 한 조각도 그는 필요로 하지 않는다. 그는 책만 먹고 사는 사람인지도 모른다. 언뜻 화려한 문화 예술계 스타 같은 벡튼이었지만 그 역시 대부분의 시간 홀로인, 공허한 마음과 차가운 피를 지닌 외로운 사람이었다.

요즘 책벌레를 찾을 수 있는 최적의 장소는 SNS다. 트위터는 특정 분야 개성 있는 최신 책을 소개하기에 적합하고, 페이스북은 비교적 무명 실력자들의 책을 '알음알음' 소개받기에 적합하며, 인스타그램은 유저가 읽는 화려한 책 편력을 자랑하기에 적합하다. SNS 시대에 책벌레들은 이런저런 방식으로 "어머! 우리 아직 살아 있어!" 서로가 아직 멸종되지 않았음을 확인하며 안도한다.

SNS에서도 스테트하이머의 살롱에서처럼 갑론을박이 벌어진다. 이 책이 이렇게 좋고 저렇게 좋다고 게시물을 올리면 바로 멘션이 날아온다, 이 책의 또 다른 부분은 어떻게 좋다고. 다른 유저가 또 멘션을 날린다, 이 책이 좋으셨으면 무슨 책을 읽어보시면 좋을 거라고. 당장 온라인 서점을 뒤져 추천받은 책을 장바구니에 담는다. 어떤 유저는 책과 연관된 음악이나 영화, 화가를 추천한다. 책벌레들이 책에서 나온 음악을 안 들어볼 리가 없다. 당장 유튜브를 검색해서 음악을 듣는다. 어떤 유저는 은밀히 DM을 보낸다, 당신의 취향이 이러저러하니 지금 진행 중인 어떤 전시회가 마음에 들 거다, 함께 가면 어떠한가. 책벌레들은 완전 신나서 오버한다, 저기 사는 책벌레에게 한 번 말 걸어볼 기회를 놓치지 않는다. 거짓말 같지만 이건 다 내가 경험한 바다. SNS의 뒤편에서는 진짜 이런 일들이 몰래몰래 벌어진다.

대화를 해보면 우리가 같은 종족임을 더 확실히 안다. 우리는 대부분의 문장에서 주어와 서술어를 열심히 맞춘다. 너무 격식 있어 보이면 부러 안 그러기도 한다. 책을 읽다가 오타를 발견하면 굳이 연필로 동그라미를 쳐 둔다. 누군가가 '안돼요' 가 아니라 '않돼요' 라는 카톡을 보내면 그 한 단어가 거슬려서 대화의 의미가 눈에 안 들어온다. 책벌레들은 사소한 맞춤법에 민감하다. 중요한 문장을 축약어로 대충대충 쓰는 것도 싫어한다. 'ㅎㅎ' 'ㅋㅋ' 를 쓰는 사람들을 반기지 않는다. (그래서 책벌레들은 일반인과(?) 연애하기가 참 어렵다.) 좋아하는 사람이 생기면 꼭 그 사람의 서재를 자동으로 상상한다.

우리의 머릿속에는 짝사랑하는 대상의 캐릭터에 따라 달라지는 서재의 세계가 있다. 교보문고에서 내가 (이미) 읽은 책을 뒤적거리는 멋진 남자나 여자를 보면 '우리는 인연이 아닐까' 라며 김칫국부터 마신다. 화제의 베스트셀러는 일단 안 사고 미뤄둔다. 나중에 헌책방에 가서 그 책을 구입해야지 하면서도 당장의 마케팅에 지고 싶지 않은 오기가 있다. '베셀' 의 명성이 진짜인지 가짜인지 얼마간의 검증 기간을 꼭 거쳐야 한다. 반대로 인지도가 높지 않은 좋은 작가의 새 책은 꼭 신간으로 산다. 저자에게 돌아갈 인세에 담긴 마음의 무게를 안다. 교보문고에 가면 맡을 수 있는 책 향에 민감하다. 만만하지 않은 룸스프레이 가격 탓에 당근마켓 키워드로 '교보문고 시그니처 향' 알림을 맞춰 둔다. 독일의 출판 장인 슈타이들이 제작한, 갓 인쇄된 책 냄새가 나는 향수 '페이퍼 패션(Paper Passion)' 보다는 교보문고 향이 훨씬 낫다는 게 내 의견이다. 그럼에도 내게 추천 향수를 요청한다면 오래된 책의 종이 냄새를 표현한 데메테르의 'paperback' 을 권하고 싶다. 아이폰 전용으로 나오는 트웰브 사우스 브랜드의 'BookBook' 휴대폰 케이스를 쓰는 사람을 보면 환장한다. 그는 99.9퍼센트 우리 종족 책벌레다. 안 그래도 아이폰 유저들은 자기들을 '애플의 노예' 라

이르며 동족 의식을 갖는데, 거기에 더 동족 의식이 강한 책 나라 국민 표시가 조합되면 친밀감의 김칫국을 충분히 마셔도 되는 케이스다. 휴대폰 케이스를 험하게 쓰는 나는 꼭 두 개씩 사 둔다. '품절' 이 주는 허탈함은 겪어본 사람만 안다. 일상 이야기를 하다가 꼭 책 이야기를 꺼낸다. 돌고 돌아 음악, 그림, 영화 이야기를 하더라도 결국 그가 원하는 화제는 책이다. 먼저 읽은 책은 회상할 수 있어 좋고, 읽지 않은 책은 곧 읽을 테니 너무 좋다. 왜냐, 우리는 일상에서 책 읽는 동료가 간절해서, 너무 외로워서 서로가 진짜 책 읽는 사람인지 꼭 확인하고 싶어서다. "우리나라 성인 10명 중 4명 지난해 책 한 권도 안 읽었다"는 2017년 국민독서실태조사를 고려할 때, 이 외로움은 이상하지 않다. 멸절에 가까운 우리는 하나라도 더 살아 있음에 반갑다.

얼굴도 다르고 생각도 다르고 지역도 다르지만, 이 별의 책벌레들은 단 하나의 사상으로 맺어진다. 우리는 모두 책을 '먹는 것' 이라고 생각한다는 것. 양식이라는 면에서 책은 생존에 필수품이다.

> "책 중독자들에게 먹는 것은 그저 씹어 삼키는 일일 뿐이다. 너무 많은 시간이 기본적인 감각을 충족시키는 데 쓰이고 있다. 우리는 빵만으로 살 수 없다. 우

리는 또한 읽어야 한다. 이는 집에서 하는 식사에 해당하지만 상당 부분 외식에도 해당한다."

톰 라비, 《어느 책 중독자의 고백》, 돌베개, 2011.

책벌레들이 다 그런 거지 뭐. 우리들의 0순위와 1순위는 모두 다를지 모르지만 적어도 2~3순위는 보통 책이다. 책 이야기만 들으면 귀가 쫑긋하며 심장이 활기차게 뛰어오르고 피가 팡팡 흐르는 이상한 체질의 인간들. 어쩌다 이런 DNA를 받고 이런 생체리듬을 얻었는지 모르지만 우리는 그렇게 살아간다.

나는 책을 왜 읽는가. 공허한 마음을 채우고, 차가운 피를 덥히는 데 독서만 한 일은 없다. 독서는 약이 되고 밥이 된다. 할 수 있는 게 독서뿐이었던 사람은 독서에 기대 버티는 사람이 된다. 책은 충성스럽다. 그를 아끼는 그 누구도 실망시키지 않는다. 한 번 믿었던 사랑을 배신하지 않는다. 이 단단함을 아는 책벌레들은 같은 믿음을 공유한다. 우리는 서로 만나야 한다는 것. 함께 같은 것을 먹어야 한다는 것. 우리는 결국 읽기 위해 태어났다.

책 읽는 여자

그릴 것이 늘 간절한 화가에게 누가 모델이 되어 줄까. 항상 곁에 있는 가장 가까운 이가 아닐까. 그럼 화가에게 최고의 모델은 어떤 사람일까? 그림을 그리는 동안 움직이지 않는 능력자가 그일 것이다. 그러다 보니 대개의 화가들은 늘 곁에 있는 가족, 그 중에서도 무엇에 집중하는 모습을 그리는 경우가 많다. 우리가 사랑하는 놀라운 그림들을 떠올려 보라. 책을 읽거나 뜨개질하는 여자들이 얼마나 많은지. 명화 세계에서는 '책 읽는 여자'를 주제로 한 그림이 수없이 많다. 그만큼 '책 읽는 여자'는 화가가 선호하는 모델이다. 책을 안 좋아하는 사람은 책을 읽으며 오래 있을 수 없다. 책을 좋아하는 사람만이 시간 가는 줄 모르고 책에 열중할 수 있으므로 최상의 모델이 될 수 있다. 역사상 화가들은 남자들이 다수였고, 그들이 지극히 사랑했던 여자들, 책에 집중하느라 미동도 없던 아름다운 그녀들이 영원이 되어 화폭에 남았다.

한때 여자에게 책은 금기시되는 존재였다. 슈테판 볼만에 의하면, 17세기 이전 사람들은 여자의 독서를 의도적으로 금지했다. 마땅히 해야 할 가정일과 육아에서 관심을 끊고, 더 넓은 세계를 상상하게 하기 때문이었다. 오랫동안 여자의 할 일은 외모를 가꾸는 일과 가정을 돌보는 일뿐이었다. 그러나 18세기부터는 상류층부터 지적 소양의 가치를 강조하며 독서의 즐거움을 인정했다. 아마 살롱 문화가 발달하면서 살롱의 호스티스가 되는 총명하고 고귀한 여성이 중요한 역할을 했을 것이다. 무엇보다 책은 값비싼 물건이었고. 평범한 여자들에게 독서는 멀기만 했다. 19세기에 이르러서야 책에 대한 금기는 느슨해졌고 여자들도 책을 손쉽게 손에 넣을 수 있었을 뿐 아니라 화가들이 그리고픈 모델은 자연스레 늘어났다. 19세기 말 20세기 초, 책 읽는 여자들이 본격적으로 화폭에 쏟아져 나온 것이다.

'책 읽는 여자' 를 그린 화가는 무척 많지만, '책 읽는 여자' 를 주제로 꾸준히 그린 화가는 많지 않다. 아마도 모델 때문이리라. 여러 모델을 그리느냐 한 모델을 정해 그리느냐, 그리고 그 모델이 무엇을 즐기느냐에 따라 그림의 주제는 다르거나 같은 결로 쌓인다. 특별히 여기에 덴마크의 화가, 칼 빌헬름 홀소에(Carl Vilhelm Holsøe, 1863~1935)를 소개하고 싶다. '책 읽는 것을 즐기는' 모델에 대한 깊은 이해가 있는 그림을 그렸기 때문이다.

19세기 유명한 덴마크 건축가 닐스 피터 크리스티안 홀소에는 아들 둘에게 예술적 재능을 이어 주었다. 아버지가 애지중지하던 칼 빌헬름 홀소에와 닐스 홀소에는 그림을 그리는 이로 인생을 열어간다. 그중에서도 성공한 장남이었던 칼 빌헬름 홀소에는 코펜하겐 왕립 미술학교를 졸업한 이후 당대 유명했던 페터 세뵈린 크뢰이어에게 사사, 함메르쇼이와 만나 교유하게 된다. 이때부터 빌헬름 함메르쇼이, 칼 빌헬름 홀소에, 피터 일스테드에 이르는 '코펜하겐 실내파(Copenhagen Interior School, 실내에서 벌어지는 일상을 그린 그림)' 는 시작되었는지도 모른다.

홀소에는 1897년 이탈리아에 유학해 공부함으로써 국제적인 미술가로서의 기반을 갖춘다. 그는 얀 페르메이르를 사랑했다. 나중에 '20세기의 페르메이르' 라 불리게 될 함메르쇼이도 같은 마음이었다.

실내 공간으로 대표되는 그들의 그림에는 같은 결이 흐른다. 실내를 실내 이상의 장소로 만들고자 하는 경건함이 스민 것이다. 함메르쇼이의 처남이었던 친구 화가 피터 일스테드 역시 마찬가지. '코펜하겐 실내파' 3인은 서로 영감을 나누며 뜻을 같이 한다.

1888년 겨울, 홀소에는 샤를로텐보르 갤러리에서 첫 개인전을 연다. 놀라운 찬사가 터져나온 성공적인 데뷔였다. 유서 깊은 샤를로텐보르는 화가를 그냥 놓아주지 않았다. 이후로도 30년 가까이 화가는 갤러리에 작품을 전시한다. 덴마크 국립 미술 전람회에도 작품을 출품했을 뿐 아니라, 엑커스베르상(Eckersberg Prize)을 비롯해 국내외에서 여러 개의 메달을 수상한다. 그는 생전에 충분히 성공한 화가다. 비록 나날이 유명해지는 함메르쇼이의 명성에 밀려 그의 예술성이 가려지긴 했지만, 홀소에의 그림이 함메르쇼이보다 덜 아름답다고 그 누가 말할 수 있겠는가.

얼어붙은 북구의 맑은 공기가 회색빛 대리석처럼 차분하게 가라앉는 함메르쇼이의 그림과 달리, 홀소에의 그림은 밝고 찬란하며 따뜻하다. 따뜻한 색채와 흐트러진 붓질 때문일까. 붓질은 속도감이 드러나나 구석구석 조금 덜 섬세하다. 그러나 누가

칼 빌헬름 홀소에, 「실내, 책 읽는 숙녀」, 캔버스에 유채, 61×50.5㎝, 개인 소장.

보아도 아름답고 포근하다고 감탄할 그림이지 않은가. 깊이 침잠된 비밀의 감정은 아니지만 솔직한 기쁨의 감정이 스며난다. 절제된 색채와 강렬하거나 온아한 빛, 실내에 스미는 질감은 공간을 색다르게 채우고 관람자의 시선을 잡아맨다. 대개 홀로 있는 여자 모델은 얼굴을 숙여 그늘 가운데 숨거나, 비밀스러운 뒷모습만을 보여 주기에 더 궁금증을 자아낸다.

우리가 아는 홀소에의 거의 모든 그림에는 같은 뒷모습의 여자가 등장한다. 헤어 스타일만 봐도 알 수 있다. 검은 옆머리는 부풀리고 뒷머리는 둥글게 틀어 올린 단정한 여자, 에밀리 헤이스(Emilie Heise)는 화가가 오래 함께했던 여자다. 화가는 아내를 무척 사랑했던 것 같다. 화가의 시선 끝에는 언제나 그녀가 있었다. 그리고 우리는 그녀가 무엇을 좋아한 사람인지 엿볼 수 있다.

화가의 아내는 책 읽기를 좋아했다. 피아노를 치는 데도 재주가 있었다. 아이를 돌보거나 살림을 하는 모습으로도 가끔 등장하지만, 너무나 많은 홀소에의 그림에서 아내는 독서하는 모습으로 등장한다. 화가는 밤낮 가리지 않고 책을 읽는 그녀를 얼마나 사랑했던가. 화가의 아내 그림은 관람자에게 오래오래 특별한 감동을 불러일으킨다. 금세 불타오른 뜨거움보다는 오래오래 꾸준한 사랑의 온기가 느껴지는 그림이다. 아내의 열정을 홀소에가 온전히 사랑했음을 알게 하는 그림이다.

중국에서는 전통적으로 '권학문(勸學文)' 이라는 장르가 있다. 지식이 높은 사람들이 후대에게 학문을 권하는 줄글이다. 성리학의 거장 주자(朱子)를 비롯하여 사마광(司馬光), 유영(柳永), 왕안석(王安石), 백거이(白居易) 같은 문장가뿐 아니라 진종황제(眞倧皇帝)와 인종황제(仁宗皇帝) 같은 왕들도 권학문을 남겼다. 그중 송나라의 진종이 쓴 '진종황제 권학문(眞倧皇帝勸學文)' 에는 다음과 같은 구절이 나온다. "책 속에는 얼굴이 옥 같은 여자가 있다(書中有女顔如玉)"라는 말. 홀소에의 아내가 고개를 들면 어떤 얼굴을 하고 있을까. 책을 읽는 환희로 뽀얗게 빛나는 옥 같은 얼굴이 보이지 않겠는가.

> 오늘날에도 독서하는 이 젊은 여인이 지닌 설명할 수 없는 우아함을 느낄 수 있다. 그녀의 모습은 우리에게 독서가 마술의 허리띠와 같을 수 있다는 느낌을 준다. 마술의 허리띠는 그것을 두른 사람에게 우아함을 주고 사랑을 얻을 수 있는 힘을 준다고 한다.
>
> 슈테판 볼만, 《책 읽는 여자는 위험하다》, 웅진지식하우스, 2012.

슈테판 볼만은 독서하는 여인이 내뿜는 '우아한' 기운에 대해 설명한다. 그는 마력의 허리띠(케스토스 히마스, Kestos Himas)가 그리스 여신의 허리띠로서 누구든 사랑에 빠지게 만드는 성물(聖物)이라 한다. 그 말의 의미는 정녕 마법적인 것인가? 책과의 놀라운 만남을 비유적으로 표현한 것이 아닌가.

책 읽는 여자가 왜 위험한가, 책 읽는 여자는 홀소에의 그림처럼 부드럽고 단아한데. "책 읽는 여자가 위험하다."라고 말하는 남자는 분명 자신감이 부족한 남자다. 책을 읽으면 아는 것이 많아지고, 아는 것이 많아지면 생각의 연결 고리가 생긴다. 자연히 자기 생각을 갖게 된다. 생각을 확장하다 보면 질문이 생긴다. 질문이 생기면 말이 많아진다. 책을 읽다 보면 인형처럼 말없이 웃기만 하는 여자가 아니라, "당신과 이야기를 나누고 싶어요."라고 말을 거는 여자가 된다. 대화하고 또 이야기를 나누다 보면 생각의 깊이가 드러나게 된다. 그러다 보니 책을 읽는 여자는 세상과 사람을 파헤치는 여자였을 것이다. 이때 내놓을 것이 없는 남자는 두려움을 느끼게 되었으리라. 그런데 희한하게도 약점을 드러냈을 때 사람은 서로를 더 어여삐 여기고 애절히 사랑하게 되는 법. 어떤 남자들은 그것을 잘 모른다. 그래서 책 읽는 여자들은 자주 외롭다. 자기를 이해해주는 것은 사람이 아니라 책뿐이므로 홀로 오랜 시간 책에 파묻혀 있게 된다. 다행히도 칼 빌헬름 홀소에는 그렇지 않아서 아내 에밀리는 온전히 자신으로 존재할 수 있었고, 화가는 그런 그녀를 수많은 그림으로 남겼다. 오랜 시간 '책 읽는 여자'의 행복한 시절이 쌓이고 또 쌓일 수 있었다.

언젠가 나에게 '그런' 가족이 생긴다면 화가가 될 수 있을까? 음, 아마도 어려울 듯하다. 그가 꼼짝없이 책을 읽고 있는 모습에 부리나케 그림 그릴 준비를 하다가도, 그가 읽고 있는 책이 너무 궁금해서 시시콜콜 질문하며 방해할 테니. 그러다가 곧 읽다 덮은 내 책을 읽으러 가겠지, '이번 챕터만 다 읽고 (인물화를 그려야지)…', '이번 책만 마치고 (풍경화를 그려야지)…', '이번 책만 읽고 (정물화를 그려야지)…'를 반복하면서. 나는 이번 생에 '진짜' 그림쟁이가 될 수 있을까?

책이 맺어준 인연

중세 프랑스 철학을 대표하는 수도사 아벨라르와 총명한 수녀 엘로이즈, 실존주의 철학자 장 폴 사르트르와 작가이며 '제2의 성'을 주장한 시몬 드 보부아르, 역시 실존주의 철학자인 마르틴 하이데거와 정치 이론가인 한나 아렌트, 망치를 든 철학자 프리드리히 니체와 정신분석학자 루 살로메, 공리주의 철학자 존 스튜어트 밀과 1세대 페미니스트 해리엇 테일러 , 연극 이론가 김우진과 성악 예술가 윤심덕…. 이들의 공통점을 한눈에 알아보는 사람이라면 이번 에피소드를 좋아할 것이 당연하다. (한눈에 알아보지 못하는 분들을 위해 굳이 설명하자면) 저들은 세간을 뒤흔든 연인 혹은 커플이고 그중에서도 지식을 말과 글로 섞으며 사랑을 쌓아간 "지적 반려"(김영민)였으며, 특히 여성 쪽의 미모와 매력이 명성을 떨쳤던, 이제는 모두 세상을 등진 전설의 지적 커플이라는 데 공통점이 있다.

그렇다면 생존 최고의 지식인 커플은 누구인가? 내가 자신 있게 고른 주인공 커플은 이름하여 '불규칙 동사로 엮인 영혼의 동반자', 완벽한 라면 머리의 진화심리학자 스티븐 핑커(Steven Pinker)와 초특급 미인 철학가이며 문학가인 레베카 뉴버거 골드스타인(Rebecca Newberger Goldstein). 완벽한 지적(知的) 비주얼이다. 스티븐 핑커는 노암 촘스키의 언어 이론을 기반으로 뇌와 언어와의 관계성을 연구한다. 어린아이들이 언어를 습득하는 과정을 발표하기도 했다. 여러 책을 쓴 스티븐의 저서 다수가 언어 연구의 결과물이다. 그중 하나, 《단어와 규칙》은 두 사람을 이어준 결정적 매개체였다.

소설가이자 철학자인 레베카 골드스타인은 '언제나 그랬던 것처럼' 스티븐 핑커의 신작을 구입했다. '언제나 그랬던 것처럼' 책을 펼쳐 색인란을 확인했고, 진화생물학자 스티븐 제이 굴드(Steven Jay Gould)의 이름을 찾았다. 오래전부터 굴드의 이론을 반박하는 연구를 해왔기 때문이다. 그 순간 왕방울처럼 커진 그녀의 눈, 굴드(Gould) 대신에 골드스타인(Goldstein)이 있었다. 바로 자신의 이름이!

스티븐 핑커는 《단어와 규칙(Words and Rules)》을 서술하던 중 불규칙 동사를 사용한 이례 용법을 설명하는 데 'stridden' 이라는 과거 분사를 선택했다. 그가 눈여겨본 'stridden' 은 골드스타인의 소설 《어느 지적인 여자의 늦여름의 열정(The Last-Summer Passion of a Woman of Mind.)》의 일부. 오랫동안 믿고 읽어온 작가의 책에 자기 글이 인용된 것을 본 이의 반응은 어떠한가. "오 세상에! 스티븐 핑커는 내가 누구인지 알고 있구나!" 정말이지, 얼마나 좋았을까! 그녀는 바로 그에게 전화를 건다. 수화기 사이로 들리는 그의 목소리에 레베카는 말한다. "그 사람이 바로 접니다." 이후로 여러 날 이메일이 오갔다.

타이밍도 좋았다. 마침 학자들의 대담을 주선하던 《사이언스 이즈 컬처》가 스티븐 핑커에게 물었다, 누구와 대담을 하는 게 좋겠냐고. 그는 당연하다는 듯 레베카 골드스타인을 추천했다. 이렇게 만나게 된 두 사람은 "오래전부터 선생님의 팬이었습니다.", "감사합니다. 저도 선생님 팬입니다."로 말문을 열며 '의식의 문제' 를 주제로 이야기를 나눈다. 이 극적인 순간은 《사이언스 이즈 컬처》의 한 꼭지로 남았다. 남자와 여자는 커피를 마시며 '불규칙 동사' 에 대해 오래 토론했다. 전문 분야는 달랐지만 언어, 의식, 과학과 종교 사이의 긴장감은 두 사람의 관심사였다. 레베카는 스티븐에게 말했다. "당신은 인지심리학과 진화심리학에 관한 내 두뇌를 완전히 흔들어 놓았군요. 18세기의 데이비드 흄 이래로 나를 일깨운 사상가는 없었어요." 천 잔쯤 되는 커피를 마시고도 한참 후, 4년의 시간을 지나 2007년, 두 사람은 부부의 연을 맺는다. 국제적 이슈, 과학 기술, 예술, 오락, 디자인 등을 주제로 하는 18분 강연회 '테드(TED Talks)' 에서는 '이성' 에 대해 대화를 나눈다. 레베카는 말한다, "그러니까, 우리의 사랑은 너드(a nerd)인 거죠." 스티븐은 말한다, "서로를 찾는 두 너드(two nerd)가 문학적 낭만으로 만난 것이 아닐까요." 이 남자는 레베카 골드스타인의 신작이 나올 때마다 자기 SNS에 홍보로 도배를 한다.

레베카와 스티븐의 이야기는 책이 맺은 사건을 찬란하게 전시한다. 책이 만드는 극적인 사건이 한둘은 아니지만 낭만의 측면에서 사랑의 사건은 더욱 그렇다. 이 선남선녀 두 사람에게 어울리는 그림은 역시 책으로 맺은 연인이다. 단테 가브리엘 로세티의 그림 한 장을 소개한다. 집안의 결혼 모략으로 인해 금지된 관계로 전락한 형수와 시동생, 그들이

버티지 못하고 사랑으로 엮여 버린 순간을 그린 「파올로와 프란체스카」.

이 불멸의 연인은 단테의 《신곡》 중 지옥편에 등장한다. 고대 로마 시인 베르길리우스가 번민하던 단테에게 출현해 지옥과 연옥으로 인도하고, 마지막에는 보고픈 베아트리체를 만나게 돕는다. 베아트리체는 단테를 이끌어 천국으로 데려가 신의 광채를 보게 한다.

길고 긴 여정 가운데 고통스러운 제2 지옥에 이른 단테는 죽어서도 떨어지지 못하는 연인 프란체스카와 파울로에게 묻는다.

"프란체스카, 말해 줘요, 사랑이 어떻게 그대를 유혹하여 이토록 치명적인 감정을 알게 하였소."

프란체스카는 말한다.

"어느 날 우리는 기사 란셀롯이 사랑에 빠진 구절을 읽고 있었습니다. 단둘이었으나 일말의 거리낌이 없었지요. 책을 읽으며, 여러 번 우리 시선이 얽혔고, 그때마다 얼굴빛이 창백해졌습니다. 오직 한 구절이 우리를 무너뜨렸습니다. 그 연인이 열망하던 입술에 입 맞추는 구절을 읽었을 때, 이 사람은 영원히 내게서 떨어질 수 없게 되었고 심히 떨면서 내게 입을 맞추었습니다. 갤러헤드가 쓴 책이 알려 준 방법대로 우

단테 가브리엘 로세티, 「파올로와 프란체스카」, 종이에 과슈와 수채, 43.7×36.1㎝, 1867, 빅토리아 국립 미술관.

리는 맺어졌습니다. 그날 우리는 더 읽을 수가 없었습니다."

단테 알리기에리를 너무나 사랑하고 존경하는 것을 넘어서, 자신을 단테의 환생으로 여기고 퍼스트 네임을 '단테'로 바꾸어버린 로세티(Dante Gabriel Rossetti, 1828~1882)는 《신곡》을 주제로 수많은 작품을 남겼다. 화가이면서 시인이었던 로세티가 이 연인을 사랑하지 않을 수 있었겠는가. 이 그림, 「파올로와 프란체스카」를 그리던 시절은 로세티가 중세풍의 스타일에 깊이 빠져 있던 때다. 1855년, 로세티는 3부작의 '파올로와 프란체스카'를 그린다. 좌측에는 두 사람의 키스, 중앙에는 단테와 베르길리우스, 오른쪽에는 꼭 끌어안은 채 날아다니는 연인의 영혼을 배치했다. 당대 최고의 평론가 러스킨은 "매우 웅장하지만 무서운 그림"이라는 호평을 남겼다. 그리고 1867년, 마음에 각인된 불멸의 연인을 지우지 못한 로세티는 키스 장면만 떼어내 같은 그림을 그린다. 극적인 순간에 긴장감이 넘치고 단순한 구성에 차분한 색채가 두드러진다. 그는 책을 읽다가 '그분이 오시면' 급히 스케치를 시작했고, 밤낮을 가리지 않고 그림에 빠져들곤 했다.

다시 그림으로 돌아가자, 책의 한 구절에 마음이

맺힌 파올로와 프란체스카는 깊이 키스한다. 선명한 글자를 따라가던 눈은 감겼고, 한 구절 한 구절을 짚어가던 손가락은 이미 붙들렸다. 아무것도 보이지 않고 들리지 않는다. 무아지경이다. 저 무겁고 두꺼운 책이 흘러내려도 모를 정도다. 이 거부할 수 없는 사랑이 어디서 시작되었는가. 이 모든 일은 책 때문이다. 오직 한 구절이 그들을 무너뜨렸다. 책은 사람과 사람을 맺을 수 있다. 같은 책을 읽는 사람과 사람을 사랑에 빠지게 할 수 있다.

모양은 좀 다르지만 《인섬니악 시티》를 쓴 빌 헤이스와 《아내를 모자로 착각한 남자》를 쓴 올리버 색스도 책을 매개로 만났다. 깊은 밤, 파트너를 심장마비로 잃고 절망하던 헤이스에게 편지 한 통이 도착한다. "친애하는 헤이스 씨…." 의학계의 계관시인 올리버 색스가 빌 헤이스의 책 《해부학자(The Anatomist)》를 읽고 깊이 감명받았다는 내용이었다. 곧이어 또 다른 편지가 도착한다. "친애하는 색스 박사님…." 서로가 비슷한 성적 소수자인 줄도 모른 채 한 달간 편지를 주고받고 만난 그들은 시간 가는 줄 모르고 이야기를 이어갔다. 30년의 나이 차, 그 높은 벽보다 불면증이라는 공통점, 그리고 책 한 권의 역할이 더 주효했다. 헤이스는 고백했다. "저는 당신을 향한 깊은 사랑을 잉태했습니다."(《온 더 무브》) 사랑의 씨앗은 어디에서 떨어진 것이었을까! 이 사랑 덕분에 평생 외로움에 비명을 지르며 암페타민을 끊지 못하고 우울과 정신장애로 고통받아온 올리버 색스는 담낭암으로 생을 마감하기 전 8년을 환희 속에 보냈다.

> 두렵지 않은 척할 수는 없겠습니다. 하지만 저를 지배하는 강렬한 감정은 고마움입니다. 저는 사랑했고 사랑받았습니다. 많은 것을 받았으며, 조금쯤은 되돌려주었습니다. 저는 읽고, 여행하고, 생각하고, 썼습니다. 세상과 교제했으며 작가와 독자와의 관계를 맺어나갔습니다.
>
> 무엇보다 이 아름다운 행성에서 저는, 느끼는 존재이자 생각하는 동물로 살았습니다. 이는 그 자체만으로도 엄청난 특권이자 모험이었습니다.
>
> "나의 생애(My Own Life)", 〈뉴욕타임즈〉 기고, 2015.2.19일자.

책과 책이 만든 인연 이야기는 마치 소설이나 영화, 드라마 같다. 캐릭터 대 캐릭터의 설정, 두려움과 고통과 반전의 클라이막스까지 너무 완벽하다.

펠릭스 발로통(Felix Vallotton, 1865~1925)의 목판화, 「확실한 이유(The Solid reason)」를 보라, 함께

펠릭스 발로통, 「확실한 이유」, 목판화, 25×32.2㎝, 1898, 반 고흐 뮤지엄.

읽던 책에 둘의 손을 얹은 채 사랑의 무아지경에 빠진 남녀를. 남자는 거의 숨이 넘어갈 듯한 표정으로 순간을 멈춘다. 책이 너무 아름다워서 이 두 사람은 더욱 아름답다. 이것이 책이 맺은 연인의 삶이다. 책이 매듭(knot)을 이어준 커플은 책에서 같은 매듭(knot)을 찾을 때마다 재차 사랑에 빠진다. 이렇게, 꼭 맞는 반려, 책과 책이 맺은 인연을 무어라 불러야 하나. 여기 꼭 알맞은 단어가 있다. '지적 반려' 란 무엇인가? 서로의 생각을 누구보다 깊이이해할 수 있는 곁이다. 사랑이다.

이청조(李淸照)와 조명성(趙明誠) 부부는 함께 《금석록》을 썼다. 차를 마시면서도 거실에 쌓인 역사책 더미를 놓고, "어떤 사건이 어느 책 몇 권 몇 쪽 몇째 줄에 나오는지." 내기하는 일상을 산다. 이야말로 시시콜콜 재미있는 지적 반려의 삶 아닌가. 나는 발로통의 「확실한 이유」를 지적 반려를 위한 그림이라 부르고 싶다. 《동무와 연인》을 쓴 김영민은 "사르트르는 자신의 생각과 감정을 죄다 털어놓을 수 있는 지적 반려자가 없이는 살아갈 수 없는 남자" 였다고 말한다. '타인은 나의 지옥이다' 라 하며 아무도 필요하지 않은 듯 말한 남자에게도 지적 반려만큼은 필요했다. "정치윤리학적으로 상극을 달렸던" 하이데거와 아렌트의 사랑이 가능했던 것 역시 같은 이유였다. 나와 말과 책을 섞을 수 있는 상대, 책이 맺은 지적 반려는 서로에 대한 확신을 동반한다. 그 확신이 상대를 무섭도록 사랑하고 그 자리를 다른 데 내어주지 않도록 한다.

책과 책은 늘 얽히고설킨다. 그러다가 사람과 사람도 맺는다. 어쩌면 살아서도 죽어서도.

Books tie the knot!

책읽는고양이

약간의 거리를 둔다

소노 아야코의 에세이. 객관적 행복을 좇느라 지친 영혼을 위로하는 책으로 '나' 자신을 속박해온 통념으로부터 벗어나 나답게 사는 삶으로 터닝할 수 있도록 이끌어준다. 9900원.

타인은 나를 모른다

작가 소노 아야코가 전하는 '관계로부터 편안해지는 법' . 타인으로부터의 강요는 물론, 나의 생각을 받아들이지 못하는 상대로 인한 스트레스로부터 편안해지는 기본기를 다져준다. 9900원.

남들처럼 결혼하지 않습니다

소노 아야코의 부부 심리 에세이. 10,900원.

좋은 사람이길 포기하면 편안해지지

사람으로부터 편안해지는 법.소노 아야코 지음. 11,800원.

알아주든 말든

오히려 실패, 단념, 잘 풀리지 않았던 관계 등등 누구나 꽁꽁 숨기고 싶어하는 경험들 속에서 인간의 본성과 언행의 본질을 끄집어냄으로써 나를 직시하게 만든다. 11,200원.

조그맣게 살 거야

외형적 단순함을 넘어 내면까지 비우는 삶을 사는 미니멀 라이프 예찬론. 진민영 지음. 11,200원.

아버지 가방에 들어가실 뻔

아버지와 함께 떠난 단 한 번의 파리 여행을 계기로, 아버지를 이해하게 되고 나아가 가족 내 상처 치유와 관계 회복은 물론, 20여 년 간 일해온 여행업에서도 다시금 맥락을 잡아가는 기적과 같은 변화를 담고 있다. 김신 지음. 13,000원.

되찾은 시간
잃어버린 시간을 찾아서 시작한 독립서점 '프루스트의서재'는 단순한 책방이기보다 '나다운 삶'을 실현하는 공간이자 시간이다. 박성민 지음. 13,800원.

내향인입니다
홀로 최고의 시간을 보내는 내향인 이야기. 얕게는 내향성에 대한 소개부터 깊게는 사회가 만들어놓은 많은 정형화된 '좋은 성격'에 대한 여러 가지 회의적 의문을 제기한다. 진민영 지음. 11,800원.

루캣유어셀프 __ 단편소설에서 나 다운 삶을 찾다!

개를 키우는 이야기 / 여치 / 급히 고소합니다
다자이 오사무 지음, 김욱 옮김, 5,900원

비곗덩어리
기 드 모파상 지음, 최내경 옮김, 5,900원

갈매기 / 산화 / 수치 / 아버지 / 신랑
다자이 오사무 지음, 김욱 옮김, 7,900원

파리에서의 정사 / 쥘 삼촌 / 아버지 / 몽생미셸의 전설
기 드 모파상 지음, 최내경 옮김, 5,900원

보석 / 목걸이 / 어떤 정열 / 달빛 / 후회 / 행복 / 첫눈
기 드 모파상 지음, 최내경 옮김, 11,200원

한 시간 사이에 일어난 일
최면 / 아내의 편지 / 라일락 / 데지레의 아기 / 바이유 너머
케이트 쇼팽 지음, 이리나 옮김, 7,900원

징구
로마의 열병 / 다른 두 사람 / 에이프릴 샤워
이디스 워튼 지음, 이리나 옮김, 9,900원

엄마의 반란 / 갈라 드레스 / 뉴잉글랜드 수녀 / 엇나간 선행
메리 E. 윌킨스 프리먼 지음, 이리나 옮김, 9,900원

타산지석 시리즈

“여행은 보이지 않는 지도에서 시작된다.”

001 영국 바꾸지 않아도 행복한 나라
이식 · 전원경 지음/320면/컬러/15,000원

002 그리스 고대로의 초대, 신화와 역사를 따라가는 길
유재원 지음/280면/컬러/17,900원

003 중국 당당한 실리의 나라
손현주 지음/352면/컬러/13,900원

004 터키 신화와 성서의 무대, 이슬람이 숨쉬는 땅
이희철 지음/352면/컬러/15,900원

005 러시아 상상할 수 없었던 아름다움과 예술의 나라
이길주 외 지음/320면/컬러/14,500원

006 히타이트 점토판 속으로 사라졌던 인류의 역사
이희철 지음/244면/컬러/15,900원

007 이스탄불 세계사의 축소판, 인류 문명의 박물관
이희철 지음/224면/컬러/14,500원

008 독일 내면의 여백이 아름다운 나라
장미영 · 최명원 지음/256면/컬러/12,900원

009 이스라엘 평화가 사라져버린 5,000년 성서의 나라
김종철 지음/350면/컬러/15,900원

010 런던 숨어 있는 보석을 찾아서
전원경 지음/360면/컬러/15,900원

011 미국 명백한 운명인가, 독선과 착각인가
최승은 · 김정명 지음/348면/컬러/15,000원

012 단순하고 소박한 삶 아미쉬로부터 배운다
임세근 지음/316면/컬러/15,900원
013 이스라엘에는 예수가 없다 유대인의 힘은 어디서 비롯되는가
김종철 지음/224면/컬러/14,500원
014 싱가포르 유리벽 안에서 행복한 나라
이순미 지음/320면/컬러/15,000원
015 한호림의 진짜 캐나다 이야기 본질을 추구하니 행복할 수밖에
한호림 지음/352면/컬러/15,900원
016 몽마르트르를 걷다 삶이 아플 때 사랑을 잃었을 때
최내경지음/232면/컬러/13,500원
017 커튼 뒤에서 엿보는 영국신사 소심하고 까칠한 영국 사람 만나기
이순미 지음/298면/컬러/13,900원
018 왜 **스페인은 끌리는가** 자유로운 영혼 스페인의 정체성을 만나다
안영옥지음/232면/컬러/18,900원
019 대만 거대한 역사를 품은 작은 행복의 나라
최창근지음/304면/컬러/19,800원
020 타이베이 소박하고 느긋한 행복의 도시
최창근지음/304면/컬러/17,900원
021 튀르크인 이야기 흉노돌궐위구르셀주크오스만제국에이르기까지
이희철지음/282면/컬러/19,800원
022 일본적 마음 김응교 인문 여행 에세이
김응교지음/234면/컬러/14,000원

일상이 일심동책

1판 1쇄 인쇄 2021년 6월 21일
1판 1쇄 발행 2021년 6월 28일

지은이 김수정
펴낸이 김현정
펴낸곳 책읽는고양이 / 도서출판리수

등록 제4-389호(2000년 1월 13일)
주소 서울시 성동구 행당로 76 110호
전화 2299-3703
팩스 2282-3152
홈페이지 www.risu.co.kr
이메일 risubook@hanmail.net

ISBN 979-11-86274-84-2 03810

이 도서는 2019년도 아르코문학창작기금 지원사업에 선정되어
발간된 작품입니다.